咖哩的女神

政治的に正しい警察小説

葉真中顕

王華懋 譯

目錄

祕密海邊

好舒服。

風十分舒爽。我聞到海潮香，聽到浪濤聲。

是大海。

父母稱爲「祕密海邊」的那片大海。

當時我玩累了，在海灘墊上枕在母親的腿上打著盹。

母親爲我唱搖籃曲。她的歌聲無比溫柔，無條件肯定、包容了我的一切。

啊，好希望永遠這樣下去——

然而我的心願沒有實現。

搖籃曲唐突地中斷了。

舒爽的風、海潮香、浪濤聲，全都戛然而止。

圍繞著我的愉悅世界煙消霧散。然後我被拉了回來。回到老舊公寓的六張榻榻米小房間裡。

我慢慢地張開眼皮。

榻榻米邊緣零星散布著如墨漬般的黑點。發霉了。

這個房間日照不佳又狹小，濕氣向來很重。四面泛黃的牆面處處冒著霉斑，也許是受潮的關係，微妙地彎曲起伏。吊著電燈泡的天花板布滿扭曲的木紋。角落有個部分紋路就像張口吶喊的人臉，有點可怕。

遠方傳來微弱低沉的規律聲響。聲響一眨眼靠近，化成巨大的轟隆聲。彷彿地震襲來般，房間跟著一起震動。從來沒有陽光射入、應該是朝北的窗外，有團巨大的鐵塊流水般沖刷而過。是電車。黃色的私鐵電車。

緊鄰鐵軌的這棟公寓房間裡，住著我和父母三個人。

我總是餓著肚子。

至於爲何總是餓肚子，因爲我幾乎每天都被罰減少飯量，甚至直接沒飯吃。

爲何我會受罰，因爲我就是會犯錯。

我犯下的錯，是沒有好好打招呼，或是說了羨慕別人家的話，或露出父母看不順眼的眼神或表情，或光是我在這裡就惹人厭。總之，我的一切行爲幾乎沒有一樣是對的，父母說罰我是爲了「管教」。

今天也是。我又犯了某些錯，沒有飯吃，飢腸轆轆。我抱著肚子躺在房間角落。因爲我透過經驗，知道這個姿勢最能緩和飢餓感。

父母在另一邊喝啤酒，看電視，哈哈大笑。下酒的烤雞串散發出誘人的香味。

爲什麼只有我沒得吃？

因爲我犯了錯，正在受罰——儘管心知肚明，卻忍不住覺得既難過又淒慘。

應該空蕩蕩的肚腹湧上一團冷冰冰的事物，讓我不由自主地想哭。

不可以哭。絕對不可以哭。

我設法忍耐，卻實在克制不住，發出了嗚咽聲。

然而應該正在看電視，完全沒把我放在心上的母親，卻沒有放過那點聲響。

「又哭！」

父親跟著吼道：

「跟你講過多少次了，只不過是少吃個一頓飯，少在那裡給我哭夭！」

伴隨著罵聲，父親一腳踹過來，我整個人被踢飛了。

在這個家裡，最要不得的行爲莫過於啼哭。

因爲哇哇大哭很吵，默默飲泣看了就煩。

如果哭，會遭到比沒飯吃更殘酷的懲罰。會有一頓拳打腳踢等著我。

「對不起，爸爸，媽媽，我不哭了。對不起，我絕對不哭了！」

我拚命乞求原諒。

但就算哭哭啼啼地說「我不哭了」，也不可能被原諒。

「吵死了！你這種死囡仔，就是要教訓才會懂！」

母親一把將我撈起來，拖到浴室，按進盛滿冷水的浴缸裡。

一開始，是彷彿全身被針扎一般的冰冷。緊接著，我感到呼吸困難。

好冰、好苦、住手、救命，媽媽！

但我人在水裡，發不出聲音。

我拚命掙扎，但母親按著我的頭不放。

好苦、好苦、好苦。

我陷入缺氧，意識逐漸模糊。

「都是你的錯！」

「沒錯，就是你的錯！」

是我不好，是我不對，是我活該被這樣對待。

以前應該不是這樣的。我應該身在剛才剎那間幻想中的愉悅世界裡的。父親和母親都比現在溫柔太多了。

可是，我是壞孩子，父親和母親才變得這麼可怕。那個世界才消失不見。

以前那樣慈愛地爲我唱搖籃曲的母親口中，發出後悔的吶喊：

「媽的！要是沒生下你就好了！」

——這時，我醒了過來。

＊

用揹巾將嬰兒抱在懷裡，正坐在摺疊椅上打瞌睡的我驚醒過來，瞬間整個人差點往前栽倒。

「噯，你還好嗎？」

抬頭一看，麻衣子正在床上坐起身來，看著這裡。

咦？

剎那間我混亂了。

啊，對了，這裡不是鐵軌旁邊的公寓房間，我也不是小孩子了。

我已經是大人了，而且是四捨五入都五十歲、不折不扣的中年大叔了。

去年，我比別人晚了許多結婚成家，並有了孩子。然而妻子生產後就病倒了。後來——

我的腦袋總算回到打瞌睡前的「現在」。

這裡是醫院。我帶著賢一郎來探病。

走進病房一看，麻衣子正在睡覺。我不忍心叫醒她，在床邊的椅子坐下來，好陣子望著她的睡容，結果不知不覺間睡著了。不久，好像換她醒來了。

「你還好嗎？」

麻衣子苦笑問。

「啊，嗯……抱歉，不小心打瞌睡了。」

這陣子我一直睡眠不足。

我向公司說明妻子生病及家裡的狀況，公司雖然表示理解，但由於原本就沒有育嬰假制度，因此我先以消耗有薪假的形式請了一星期的假，接下來停止加班，縮短工時。

我在一星期的有薪假期間設法找到了托嬰中心，但沒想到要一邊上班一邊顧小孩，竟如此辛苦。

特別難熬的是晚上。我上網查了一下，嬰兒好像都是這樣，但賢一郎每隔兩、三個小時就會醒來哭鬧。每一次我都會被吵醒，必須起來哄他餵奶。睡眠被切割得零零碎碎，根本無法熟睡。

「一模一樣。」

「咦？」

「你跟小賢的睡臉。」

麻衣子說，交互看著我和懷裡發出安睡呼吸聲的賢一郎。

「這樣啊。」

賢一郎剛出生的時候，婦產科的護理師們也都說「跟爸爸好像」。

「臉。」

「咦？」

「讓我摸摸小賢的臉蛋。」

我解開揹巾，把身體靠過去，將賢一郎送到麻衣子眼前：「喏。」

麻衣子慢慢地伸手，溫柔地觸摸賢一郎的臉頰。接著呼喚自己懷胎十月生下的兒子名字：「小賢。」

「媽媽會快點好起來的。」

這幅景象讓我一陣心如刀割。

「那個……」我出聲。

「嗯?」麻衣子轉向我。

看到她的眼神，我不知所措。

我想跟她說什麼?

「啊，就……沒有啦……希望妳可以快點出院。」

聽到我情急之下搪塞的話，麻衣子納悶地側了側頭，微笑點頭:

「就是啊。」

但是我知道。

麻衣子恐怕無法走出這家醫院了。

我們還沒有告訴她，所以她不知道正在侵犯她肉體的病魔是什麼。

革囊胃，胃癌第四期——比一般癌症惡化得更快速的這種惡性腫瘤，已經轉移到她的全身了。

主治醫師判斷她剩下不到一個月可活。

*

崔維斯——剛遇到的時候，妻子如此自稱。不，說「遇到」或許有語病。我和她並非在現實中相遇，而是在網路上認識，崔維斯是她使用的網名。

我在網路上閒逛，逛到一個部落格，她就是那裡的作者。「崔維斯」這個網名看起來像男的，而且文章使用男性第一人稱，因此我一直以爲作者是男的。

她利用崔維斯這個虛構的人格，改變性別，在網路上抒發滿腔積鬱。

她對所有的人——她在當時上班超市遇到的奧客、不講理的上司、現在已經疏遠的朋友、只在電視上看過而毫無交集的藝人和政客，甚至只是在路上看到的人——都感到憤怒和憎恨，透過崔維斯之口，在網路上一吐爲快。

不過，她最憎恨的對象還是自己。可能是因爲這樣，她在部落格也寫了許多肯定自殺的內容。

「總有一天我會自殺」、「這個世界爛成這樣，活著也沒意思」、「我不是說著玩的，我一定會死給你們看」、「我上次在二手書店買了一本書叫《完全自殺手冊》，上面說最輕鬆的死法是上吊」。

一直到很後來我才知道，崔維斯這個網路代號，是來自一部老電影《計程車司機》（註）的主角。電影中的崔維斯如同片名，是一名計程車司機。沒有任何知心朋友、孤獨的他活在憤怒與焦躁中，在夜晚的街道穿梭徬徨。

當時的妻子把自己投影在這樣的崔維斯身上，精神狀況想必非常糟糕。

我讀著部落格的內容，總覺得一股怒火油然而生。

這傢伙搞什麼？只會沒完沒了地怨天尤人，甚至說什麼我一定會自殺。這簡直太幼稚、太任性了——我在這樣的想法驅使下，幾乎是一時衝動地在部落格上留言了：

「就算自殺，也解決不了任何問題。尋短只是在逃避。如果覺得這個世界是一團狗屎，那是因爲你自己就是團狗屎。」

她立刻回覆：

「你好，謝謝你留言，可是你這是多管閒事。我是狗屎這件事，我有自知之明。所以我才要去死。」

註：Taxi Driver，一九七六年上映，馬丁・史柯西斯（Martin Charles Scorsese）執導，勞勃・狄尼洛（Robert Anthony De Niro Jr.）飾演主角崔維斯。

後來我才知道，其實這時候她被我的留言嚇到六神無主。因爲這是第一次有人在她的部落格留言。

她說，她雖然透過網路向全世界公開心聲，但這時候才第一次自覺到，有人在閱讀她抒發心聲的文字。

我無從知道她的狀況，繼續回覆：

「這樣啊，可是因爲自己是狗屎，就跑去自殺，這樣是不對的。」

「爲什麼？少了一坨狗屎，這個狗屎般的世界也會像話一點吧？這樣不是造福世界嗎？」

「不，世界不會因此變好。就算你死了，世界還是一樣狗屎。如果希望這個爛透了的世界變得像話一點，你就必須活下來，設法去改善它！」

不知不覺間，我對著渴望自殺的她，勸說應該要活下去。

回想起來，這實在很荒謬。因爲我自己也充滿了尋死的念頭。

其實，我會找到妻子的部落格，就是因爲我用「自殺　方法　不痛苦」這類關鍵字搜尋的緣故。

那個時候我也充滿了憤怒，憎恨所有的人，同時比任何人都更憎恨這樣的自己。

我一直想要一死了之。

妻子用崔維斯這個名字在網路上抒發的內容，也幾乎都是我平常在想的事。但是實際目睹這些想法，比起共鳴，我更感到嫌惡。

或許這就是所謂的同類相斥。

因此我才會反駁。才會否定。才會說：自殺也無濟於事。即使世界爛到不行，只要活著，或許就有辦法讓世界變得像話一點。但如果死掉，就等於連這個可能性都拋棄了。

不知不覺間，我拚命鼓勵螢幕另一頭的崔維斯——這個素未謀面的、與自己極爲相似的某人。

不可以死，只要活著，或許還是會有好事啊，我希望你活下去——

或許我是在說服自己。

對於我的留言，她這樣回覆：

「你不可能理解我的痛苦！我從小就被父母虐待，最後還被拋棄。我被生下我的人烙下不值得活下去的烙印！」

看到這些文字，我甚至懷疑起這個崔維斯就是另一個我。我這麼寫道：

「我當然懂。請不要認爲全世界痛苦的人就只有你一個。我也跟你一樣，小時候被父母虐待，最後被拋棄了。」

我一面打字，一面潸然淚下。腦中掠過小學三年級那個夏天的記憶。

幾天後就是第一學期的最後一天了。暑假在即，同學們都開心地躁動著，但全班大概只有我一個人對暑假到來感到憂鬱不已。

因爲暑假不用到校，我就沒有營養午餐可以吃了，會餓肚子。

在家裡，一天有一個麵包吃就算好的了，父母經常以「管教」爲名，一整天都不給我東西吃。但要上學的日子，中午一定都有營養午餐可以吃，所以不必挨餓。學校的營養午餐和母親買的一成不變麵包不一樣，天天菜色都不同，而且有白飯、配菜、湯或飲料，有些日子還有布丁這類點心。班上有些同學嫌營養午餐難吃，但對我來說，這是一天一頓的大餐。不，老實說，好吃不好吃，我根本沒有細心品嘗的工夫。因爲比起滋味，塡飽飢餓的肚子更重要太多了。我順從動物的本能，每天都把營養午餐掃得一乾二淨。有同學剩下不想吃的菜，或有人請假，午餐有剩的時候，我都一定會再去添。

沒有營養午餐可以吃，對我來說是一件嚴重的大事。

而且不用上學的暑假，待在家裡的時間無可避免地就會變長。換句話說，被父母「管教」的可能性也大增了。從這一點來看，暑假著實令人憂鬱。

我想，學校老師應該也發現我遭到虐待了。我不光老是餓著肚子，身上的衣物也東破一塊西破一塊，也很少洗澡，所以頭髮黏膩膩的，身上一定也很臭。而且因爲父母施暴，手腳老是帶著傷和瘀青。

「老師問你，你在家爸爸媽媽都是什麼樣子？」「你有每天好好吃飯嗎？」「爸爸媽媽沒有買新衣服給你嗎？」當時年輕的級任女導師經常這樣問我。她也曾直截了當地問：「你爸爸媽媽是不是打你？」

但我從來不會如實招出，而是打馬虎眼：

「爸爸媽媽對我都很好。」「我都有好好吃飯。」「是我說想穿這件衣服的。」「爸爸媽媽沒有打過我。」

如果坦白回答老師的問題，父母會遇到麻煩——我如此相信，總是拚命袒護他們。

當然，我一點都不喜歡沒飯吃的生活。我痛恨父母日復一日的暴力式「管教」。

可是，我還是深愛著爸爸媽媽。

不管他們對我做出再殘忍的事，甚至是一個失手就會讓我沒命的「管教」，我還是最愛他們了。也許就和沒吃飯就會肚子餓一樣，這是一種本能的反應。

因此我絕對不想做出害他們困擾的事。

而且，我有記憶。

是我還很幼小的時候，父母溫柔呵護我的記憶。

兩人總是笑咪咪的，絕對不會打我。當時我們不是住公寓，而是住在獨棟的漂亮房子裡。然後到了夏天，他們會帶我去海邊。那個吹著舒爽的風的海邊。

當時我確實是被愛的——應該。

所以，只要我當個父母心目中的好孩子，他們就會再次愛我——也許我是把希望寄託在這段記憶當中了。

然而另一方面，和父母相處時間變多的暑假即將到來這件事，也讓我深感恐懼。

我懷抱著如此矛盾的憂鬱，無精打采地走回家。

鐵軌旁邊的公寓住處門沒有鎖，父母也不在家。這種情形並不少見，然而這天我卻覺得有什麼地方不太對勁。說不上是哪裡、有什麼古怪，可是就是哪裡、有什麼異於平常。

入夜以後，違和感變得具體。

八點過去，九點過去，甚至午夜都過了，父母依然沒有回家。以前從來沒有這種情形。

我不安極了，跑出公寓，在夜晚的街上走來走去，尋找父母。但理所當然，一個幼童漫無目的地四處找人，也不可能找得到。

我亂走一通，終於完全迷路，跑到陌生的地方來了。我肚子餓，腳又痛，找不到父母，連回家的路都迷失了，心中的悲傷整個潰堤。很快地，我坐到路邊，放聲大哭起來。

路過的人上前關心我，幫我叫了警察。

被警察安置時，我累壞了，人家問我姓名住址，我甚至沒力氣回答就睡著了。

結果我在警察局的值班室過了一晚。

隔天早上，我總算可以說明狀況，一名年輕的女警帶我回去公寓。可是父母依然沒有回來。

後來我被帶到市立兒童諮詢所，決定暫時送到安置機構，等父母回來。

但是隔天、再隔天、隔天的隔天，一個月過去、兩個月過去，父母都沒有回來。父母並不是暫時出門。他們是人間蒸發了。

我每天都期待「今天爸爸媽媽就會回來，過來接我」，然後期待落空，感覺心彷彿被踐踏得稀巴爛。

很快地，半年過去，我已經無力再期待時，被送到育幼院去了。後來，我在那裡一直住到滿十八歲。

離開育幼院時，不幸遇上泡沫經濟崩壞，日本社會進入長期不景氣。當時連大學畢業生都很難找到工作，育幼院出身、又沒有像樣學歷的我，只能找到派遣或打工這類暫時性的工作。

後來我一直沒辦法成爲正職，到處換工作，過著浮萍般的人生。

我試過各種工作，卻沒有任何一樣讓我感覺到熱忱。也沒有任何可以投入的嗜好。與人往來，也只是蜻蜓點水，交不到可以私下一起出遊的朋友。這副德行，當然也不可能交到女朋友。

忘記是什麼時候了，我在當保全的時候，前輩帶我去特種行業放鬆，但我覺得掏出好幾萬圓去做那種事太蠢了。要解決性需求的話，自己來方便多了。

我槁木死灰、找不到人生意義，就這樣一路到了四十歲。沒有任何讓我打從心底感到快樂的事，一切都如同嚼蠟。這樣的生活日復一日，累積在我的心胸的，就只有憤怒與怨恨。

然後不知不覺間，我滿腦子只剩下死這個念頭。

我這個人一定不值得活在世上。小時候責備我的父母是對的。我是個沒用的壞孩子。不應該生下來的孩子。所以我最好去死。

就在這時，我偶然遇到了。遇到和我一樣的受虐倖存者、滿口想死、說要去死的崔維斯——後來成爲我的妻子的人的部落格。

＊

「剛才……」

病床上的麻衣子猶豫地開口。

「什麼？」

「剛才你打瞌睡的時候，是不是夢到小時候？」

「咦？」

我困惑了一下。

「你呻吟得很厲害，所以我猜你是不是夢到被你爸爸還媽媽虐待的夢……」

啊，原來是這樣……

我點點頭：

「……嗯。」

「你還會怕嗎？」麻衣子問。

「嗯，還是很怕。」

都已經是幾十年前的往事了，但我偶爾還是會夢到那段過往。

可是，我真正害怕的並不只是回想起那些痛苦的歲月，而是我身上確實流著他們的血這個事實。

會不會哪一天，我也會像父親那樣，對賢一郎拳打腳踢——？我總是懷抱著這樣的恐懼。我從來沒有向任何人吐露過這件事。

麻衣子就像要安撫我隱藏的恐懼，柔聲說：

「沒事的，放心，你不會變成你爸媽那樣的。」

我忍不住定睛看著麻衣子的臉。

麻衣子微微揚起唇角，露出笑容，彷彿在說「你的不安，我瞭若指掌」。

麻衣子看著賢一郎說：

「看，你把小賢養得這麼可愛，這麼健康。」

接著她再次轉向我，筆直地看著我的眼睛，再次說：

「所以你不會有事的。這孩子證明了這件事。」

她的話讓我感覺到熱情與堅定。

啊，原來她竟是這麼地強大——

這就是爲母則強嗎……？

我好似看到了我完全不了解的她的另一面。

這時，賢一郎「嗯」了一聲，張開眼睛。

他是不是要哭鬧了？瞬間我心涼了一下，但賢一郎發出軟融融的可愛叫聲，盯著探頭看他的麻衣子，露出笑容。

「小賢，早安。」

麻衣子說，用食指輕戳了一下賢一郎的臉頰。

「呀呀！」賢一郎歡呼，笑了起來。

＊

有點土的大嬸——這是我對妻子不經包裝的第一印象。

不過我自己也是個土里土氣的大叔，半斤八兩。比起這件事，更讓我驚訝的是，原以為是男性的崔維斯，居然是個女的——

第一次拜訪她的部落格，在留言區筆戰起來，我坦承自己兒時也遭到虐待後，她留下這段話，結束了對話：

「你真的很纏人，我敗給你了。今天我暫時就不去死了。」

此後，我因為牽掛不下，幾乎天天去看她的部落格，寫下留言。起初幾乎都是所謂的抬槓，不是否定她的主張，就是挑她的語病。

她回覆「又是你」、「夠了沒？很煩耶」，但從未關閉留言區，一定會回覆我。

不久後，不知道是什麼時候開始的，我偶爾也會附和她的文章，像是：「這一點你說得沒錯」、「怎麼有這種奧客」。此外，她的部落格內容也漸漸有了變化，對他人的憎恨、對自殺的嚮往變少，開始出現電影感想、當天吃的東西等等，變得就像一般記錄日常的部落格。

如果從一開始就是這種普通的部落格，我應該不會想要天天來看，根本也不會來訪吧。但她的部落格變成每天更新平凡的內容後，我每一篇都閱讀，並留下留言。到了這時，我們幾乎不會吵架或爭辯了。我想，透過部落格與她交流，開始讓我樂在其中了。

就像一開始感覺到的同類相斥，她有些地方與我非常相似。一旦對上拍，就會聲氣相投。沒多久，我們交換信箱，開始互傳訊息。

我有種預感。或許年過四十，我終於第一次交到稱得上「知交」的朋友了。

所以想要實際碰個面，也是很自然的事情。

這個時候，我依然沒有想過崔維斯會是女的。

「如果你願意，要不要一起去喝一杯？」

我傳訊息邀約，她讓我等了整整一星期，才回覆：「好啊。」

我記得當時是秋天。

得知彼此都住在東京郊區後，我們約在立川吃飯。地點是站前的居酒屋。是網路上抨擊是血汗企業、以廉價爲賣點的連鎖店。

「呃，你是……」

我站在約好的店門口，一個穿深藍色夾克、又土又俗的女子出聲叫我。從外表來看，約莫三、四十多歲。總之是個歐巴桑。

從網路上交流的印象，我想像崔維斯是個比我年輕許多、大概二十來歲的青年，因此我以爲女人是要問路。

然而女人卻叫了我的網名：「你是KETA先生對吧？」

「咦？」

這出人意表的狀況，讓我頓時呆住了。

這個人怎麼會知道我的網名？咦？難不成……

我一時說不出話來，她冷不防向我道歉：

「對、對不起！」

接著當場轉身，逃之夭夭地朝車站的方向拔腿就跑。

「啊！咦？等、等一下！」

她的背影即將消失在站前人潮中的時候，我才總算回過神來，追趕上去。

我覺得非追到她不可。因爲我知道如果在這時候讓她跑了，不管在網路上還是現實生活中，都絕對再也見不到她了。

我覺得這樣太可惜了。

我想和她聊各種事。

當然，這時我對她並沒有任何戀愛感情。

幸好她身手沒那麼靈活，我在她跑進人潮之前找到了她。她跑上通往車站入口的行人天橋時，我追上了她的背影。

我想要從後面抓住她的肩膀，又感到遲疑，於是超前繞到她的前方擋住去路。

她一臉驚訝地停住腳步。

「那、那個……，不……不要突然……跑走……」

「啊……啊嗚……嗚嗚……對……對不……起……」

兩人都上氣不接下氣，說不出完整的句子。

「先……先……休息……一下……」

我說，她點了點頭。我們避開人潮，靠到天橋旁邊。然後調整呼吸好半晌後，我發現我還沒有提出最關鍵的問題，便開口說：

「妳是崔維斯對吧？」

「呃，對……」

她怯怯地點頭。

「我是KETA。幸會。」

「咦、啊、嗯，幸、幸會。」

「呃……那個，站在這裡也不是辦法，要不要找個地方坐？」

就這樣，我們依照當初的預定，前往廉價居酒屋喝酒。

一開始十分拘謹，但沒多久我們便斷斷續續地說起彼此的身世等等，不知不覺間，竟一路聊到了深夜。

她和我一樣，小時候受到父母虐待，最後被拋棄，在育幼院長大。

她遭受的虐待似乎並非直接的暴力，而是忽視。她的父母沒有帶她去進行一歲半的嬰幼兒健檢，市政府人員前往家訪，發現瀕臨餓死的她，將她帶走安置。後來她的父母說「我們無力扶養」，沒有把她領回家，就這樣遠走高飛。

由於事情發生在她懂事前，因此她對父母幾乎沒有記憶。她後來得知自己沒有父母的理由，「遭到虐待」、「被拋棄」這些事實是事後才作為知識灌輸在腦中的。

她說：「就算只有一點點，但至少你有被父母疼愛的記憶，還算好的呢。」

我覺得這話簡直是開玩笑，反駁說：「妳沒有被父母暴力對待的記憶，比我好多了好嗎？」

炫耀自己的不幸，這是多麼沒有建設性的行為啊！我覺得兩邊的經驗都一樣糟糕透頂。

「唉，既然養不起，幹麼要生嘛。」

她如此下結論。

這正是我一直以來的想法。

我不想像這樣被生下來。與其被拋棄，倒不如根本不要出生。

對幼小的孩童來說，被父母拋棄，就形同被全世界拋棄。

同齡的「一般孩子」理所當然擁有的事物，自己卻得不到。這些東西比方說是自己的家、把自己當成無可取代的寶貝養育呵護的、父母親無條件的愛情。

不管再怎麼視如己出地照顧，安置機構畢竟只是安置機構，而不是家。職員就是職員，不是父母。比方說，機構有三十個小孩的話，每個人就只能是「三十分之一的孩子」，絕對無法成爲「獨一無二的孩子」。孩子的心靈敏感地察覺了這個事實。

這種感覺若要訴諸話語，果然就是「寂寞」嗎？

明明沒有做錯任何事，卻被迫面對毫無道理的寂寞，這在孩子的心中播下了絕望的種子。

自己在這個世界沒有任何容身之處，沒有人需要自己。自己毫無價值——是這種絕望的種子。

其中也有人能克服這樣的絕望，正常地成長。有些人能夠積極向前，不屈服於坎坷的身世，與「一般小孩」比肩成長茁壯。然而另一方面，也有一些人被絕望吞噬，就這樣成爲大人。

我們毫無疑問是後者。

被絕望吞噬的人，無法好好地去愛自己。無法愛自己的人，也無法去愛別人，更無法去愛世界。這樣的人，無法吸引任何人，因此總是懷抱著孤獨。不管做什麼都覺得無趣，找不到意義。

「出社會後，我無法融入任何職場。每天真的都毫無樂趣，活得像行屍走肉。」

聽著她的話，我一次又一次點頭：「我懂」、「我感同身受」。

她也不斷地對我的話點頭：「我完全了解。」

或許就只是在相濡以沫、同病相憐。可是，這正是我一直以來所渴望的。她應該也是。

共鳴。

當我們跪倒在絕望跟前時，不是對我們鼓勵「加油」，而只是點頭表達同理「我懂」的人。我們就是在渴望這樣的理解者。說到底，那就是和自己一樣絕望的人。

如今回想，在居酒屋的角落，一對其貌不揚的大叔大嬸哭哭啼啼地彼此訴說的模樣，或許讓旁人看了毛骨悚然。

總而言之，從此以後，我們經常一起喝酒，不久，就發展成男女關係了。

一旦有了喜歡的人，世界就改頭換面了。

我體認到這個單純的事實。

過去味如嚼蠟的生活，開始出現滋潤、幹勁。如此一來，奇妙的是，過去沒有片刻稍停地對一切事物的憤怒與憎恨，都漸漸被沖淡了。

只要想到是爲了和她一起吃飯出遊而賺錢，對於當時打工的清潔公司工作，也變得積極進取了一些。而一旦積極投入，原本覺得無趣的工作內容，也開始感覺到樂趣，變得更加積極了。沒多久，我開始在工作中挖掘到意義——明明就只是翻徵才雜誌投履歷的眾多職場之一而已。

公司社長愈來愈常誇獎我「你最近很拚喔」。然後某一天，社長說：「下年度有不少人要離開了，你願意升正職嗎？」條件和待遇都無可挑剔，我二話不說就答應了。據說剛好遇到戰後嬰兒潮世代的員工退休時期，也是機運巧合，這下我順利成爲原以爲一輩子都搆不到的正職身分了。

開始和她交往後，我明確地感受到圍繞著我的世界逐漸有了變化。而且是朝著相當美好的方向變化。

就在這樣的某一天，她告訴我一件更進一步改變世界的事實。

「我有了。」

我們一起在家庭餐廳吃飯時，她喝著飯後的咖啡對我說。

「咦？」我反問，她再次說：

「就是，我懷孕了……怎麼辦？」

我花了一段時間，才把傳進耳朵的話在腦中咀嚼出意義。

有了。有孩子了。

誠實地說，我心中第一個浮現的念頭是：「糟了。」

當時她三十後半，我已經四十多了。坦白說，我一直以為我們不可能會有孩子，所以也不是很認眞地避孕。我爲這件事後悔。因爲我認爲自己的父母那樣糟糕，自己不可能成爲像樣的父親。

她就像察覺了我的心情，問：

「你覺得拿掉比較好嗎？」

我本來要點頭，發現她的雙眼噙滿了淚水，打消了點頭的動作。

「……妳、妳呢？妳想要怎麼做？」我反問。

她咬牙擠出聲音說：

「一開始，我覺得我沒辦法。我這種人……不可能當個稱職的母親、擁有家庭。我覺得我只會像我的父母那樣，讓生下來的小孩不幸。」

她也和我一樣，滿懷不安。但是她按著自己的肚子，接著又說：

「可是，被父母拋棄以後，我確實一直過得很不幸，但現在已經不是了。自從認識你以後，我變得滿幸福的。」

她筆直地看著我。

「……嗯，我也是。」

我點著頭，內心相當驚訝。

幸福——確實如此。自從和她交往後，我的處境完全就是幸福兩個字。她的話讓我總算發現了這件事。

「這麼一想，我忽然覺得，這孩子或許是來給我機會的。」

「機會？」

「嗯，親手重新打造出自己小時候沒能得到的普通家庭、正常家庭的機會。清算不幸的過去，打造幸福未來的機會。所以、所以……如果你同意的話，我想要生下來。」

她說，嘴唇微微地顫抖。

我同意的話就生下來，反過來說，就是我反對的話，就要拿掉吧。

我也知道，她一定是鼓足了全部的勇氣，才能說出這番話。

我沒有自信，也很害怕。但我想回報她的勇氣。我覺得自己有責任回報她。就憑藉著這份心意，我開口：

「生吧。」

「眞的嗎？」

她確認地問，我立下決心點點頭：

「嗯，我們結婚吧，變成一家人吧。」

這是宣言。與過去遭受的虐待、拋棄我們的父母訣別，成爲幸福家庭的宣言。

然而命運對我們如此地殘忍。

*

「太好了。」

麻衣子忽然喃喃說。

「咦？什麼東西太好了？」

「他是這麼棒的一個孩子。」

麻衣子輕摸我懷裡的賢一郎的頭。不知不覺間，賢一郎再次睡著了。

「對啊。」

我附和著，胸口整個揪緊了。

如果世上眞的有神明，爲何要做出如此殘忍的事？

麻衣子眼皮低垂，看著賢一郎的睡容微笑著。窗外射進來的柔和陽光傾灑在她身上，宛如祝福。她看起來消瘦了些，但臉色並不差，實在不像是再一個月就會離開人世的病人。

但是醫師說，病魔已經侵犯了她的全身，回天乏術，病況隨時都可能急轉直下，讓她撒手人寰。

我作夢也沒想到，把簽名蓋章的結婚登記申請書遞交給市公所的約一年後，會有這樣的一天。

明明我們發誓要忘掉過去，共建幸福未來的……

是否該把眞相告訴麻衣子？

我本身尚無法釐清思緒，做出決定。

只是盡量天天來醫院探望。休假的時候一定會來，上班的日子如果能夠，就下班後來，像這樣探望麻衣子，聊些無傷大雅的話題。

「啊，對了。」麻衣子忽然想到說。

「怎麼了？」

「就是，等到夏天，我們再一起去吧。」

「去哪？」

「海邊啊，那個祕密海邊。」

麻衣子露出調皮的笑。

＊

祕密海邊。

那是去年我和妻子蜜月時前往——不，找到的地方。

起因是我的記憶深處碩果僅存的某段回憶。

我們辦了結婚登記，但沒有舉行婚宴，妻子的孕期進入穩定期時，剛好到了夏季，我們談到機會難得，找個地方蜜月一下好了。

正在討論目的地時，我忽然想起一件事。

「這麼說來，小時候我們家每年都會去海邊。我爸爸媽媽對我還很好的那時候。他們說那是祕密海邊。」

「祕密海邊？」

「嗯，那裡很荒涼，全是田地，看上去完全沒有海，但是有座山還是小丘，其中有條短短的洞窟，從洞窟出去就是沙灘。四周被懸崖圍繞，十分隱密，應該是只有知道的人才知道的祕密景點。那裡是一片淺灘，沙子很白，非常漂亮，最重要的是沒有人，所以非常安靜。」

就是我到現在有時候還是會夢見的那片舒適的海。

「原來如此，所以才叫做祕密海邊。那裡是哪裡？」

「就是不知道。我只模糊地記得我媽說是在『NANIWA』。」

「NANIWA？大阪嗎？（註）」

我搖搖頭：

「我覺得不是。因爲當時我們住在東京都的清瀨，當天早上從家裡開車出發，上午就到了，所以一定是在關東。大概是神奈川或千葉，再遠也是茨城的海邊。」

「關東也有叫NANIWA的地方嗎?」

「不曉得,據我所知是沒有。不,搞不好根本沒有這個地方,是我的大腦爲了安慰自己而捏造出來的記憶……」

我幾乎是眞心這麼相信。

父母呵護我的記憶、自己被愛的記憶,會不會其實全都是幻想?

結果她說:

「那我們來確定看看,是不是眞的有那個海邊吧。」

「咦?要怎麼確定?」

我覺得線索只有甚至不確定是否眞實存在的疑似地名的字詞,根本無從查起。然而她卻說「哦,這種東西有時候意外地很容易就可以找到喔」,開始滑起手機來。

事實上,她也一眨眼就查到了。查到位於關東的「NANIWA」這個地名——不,說得嚴謹一點,應該是我母親誤讀爲「NANIWA」的地名。

妻子並沒有做出什麼特別的推理。她只是在瀏覽器的搜尋欄位輸入「關東

註:NANIWA,漢字爲「難波」、「浪速」、「浪花」等,爲大阪市附近一帶的古名,也是大阪的代名詞。

NANIWA」、「神奈川　NANIWA」、「千葉　NANIWA」，進行搜尋而已。結果，馬上就發現千葉縣的外房有一個叫「浪花」的地方。不過千葉的浪花讀音不是「NANIWA」，而是「NAMIHANA」的樣子。

「祕密海邊一定就在這裡。噯，既然要去旅行，我們去尋找這個地方吧。」

她提議說。在這個時間點，並沒有確證母親說的「NANIWA」就是千葉的浪花。即使是，光靠地名，也不能保證一定能找到祕密海邊。

但她非常起勁，我等於是拗不過她而同意了。

浪花這個地點，位在以童謠〈月亮沙漠〉發祥地而聞名的御宿海岸附近。過夜的旅館到當地再找就行了，就算找不到祕密海邊，把它當成去外房的一次兜風，感覺也不賴。

就這樣，我們決定趁著蜜月旅行去尋找祕密海邊。那是去年夏天的事。

直到去到當地前，若要說的話，我覺得找不到的可能性比較大。然而實際到了浪花，我確信：

啊，的確就是這裡——

雖然無法憶起具體的路線，但街道和城市的氛圍，就如同我依稀留存的記憶。

我們租了車，循著地圖在海岸附近行駛。應該近在咫尺的大海被高臺遮住看不見，這一點也如同記憶。

然後大概找了半天左右吧。

在兩臺車子勉強可以會車的小路旁，找到完全符合記憶的祕密海邊的入口洞窟。但和記憶不同，洞窟旁邊的空地停了好幾臺車子。現在網路這麼發達，這個祕密海邊，或許早已透過口碑傳得人盡皆知。祕密海邊似乎也不像過去那樣祕密了。

我們也把車子停在那裡，進入洞窟。

洞窟裡氣溫大概比外面低上兩、三度，濕濕涼涼，微微散發青苔類的青澀氣味，這些體感更明確地刺激了我的記憶。很久很久以前，我確實走過這個洞窟。

穿過洞窟後，眞的就在眼前。

就是那片大海。

海邊有很多人，沙灘上散布著一些垃圾，也有人帶音響來，沒有記憶中那麼乾淨和安靜了。但潔白的沙子和遠方模糊的水平線，就如同記憶。

「眞的有呢。太好了。」

她對站在沙灘上的我說。

沒錯，是眞的。

祕密海邊是眞實存在的。溫柔呵護我的父母是眞實存在的。在這片沙灘，讓我枕在腿上，爲我唱搖籃曲的母親是眞實存在的。我眞的被愛過。

對父母完全沒有記憶的妻子，那天是懷著什麼樣的感受，對我說「太好了」？

*

「我說……妳享受那段時光嗎？在那個祕密海邊。」

「嗯，當然，那種地方居然有海，嚇我一跳。」

「這樣啊。」

麻衣子大概再也無法前去那個海邊了。但我卻說：

「那，今年夏天我們再去吧。」

「嗯，好啊，再三個人一起去。」

「嗯，說好囉。」

對話就此中斷，片刻沉默流過。

我立下決心開口：

「那個……」

「什麼？」

「剛才，妳說這孩子這麼好，眞是太好了。」

「嗯。」

我抱起兒子，靠近她問：

「妳愛這個孩子嗎？妳不會後悔生下他嗎？」

麻衣子露出有些驚訝的表情，接著苦笑：

「你在說什麼啊，這還用說嗎？」

「那……假設，我說假設喔，假設往後我想要傷害這孩子，妳會阻止我嗎？」

「咦？」

麻衣子皺起眉頭。我接著說下去：

「譬如說，我在工作上犯了嚴重的過錯，同時又遇到許多討厭的事，我爲了逃避現實，藉酒澆愁，甚至想要對家裡最脆弱的這孩子施暴，妳會阻止我嗎？妳會保護這孩子嗎？」

麻衣子生氣地瞪我：

「喂，你在說什麼？你就這麼害怕變成你爸那樣嗎？」

沒錯，這就是我父親對我做的事。

「是啊，我很怕，我怕死了。所以，如果我就快做出那種事來，妳會阻止我嗎？比起我，妳更會保護好孩子嗎？」

「我會阻止你。」

麻衣子不假思索地回答。

「如果妳想阻止，卻阻止不了的話呢？」

我接著問。麻衣子臉上帶著「爲什麼一直追問這個問題」的疑惑，回答：

「……那我會帶著小賢一起逃走。雖然對你很抱歉。」

「眞的嗎？比起我，妳眞的更會選擇保護這孩子嗎？」

「沒錯。當然，你是我重要的人，但是對我來說，現在最重要的就是這孩子。我生下來的小賢——**賢太**，是全世界最重要的人。只要是爲了這孩子，我不惜一切代價。」

啊，原來是這樣——

原來她是這麼想的——

鼻子深處一陣酸楚。我無法克制淚水。

我已經知道了，她這樣的決心，將會在日後崩潰。我也知道，這個女人將會毒打兒子、後悔生下這孩子。

可是，千眞萬確地——

「你怎麼了？」

麻衣子訝異地看我。我突然問了奇怪的問題，還哭出來，她當然會詫異。

「沒事……」

我擠出聲音來。

一切都過去了，事到如今得知這個事實，也只能聊以慰藉。

但得知這件事，我還是很開心——

——**媽**。

然後，我又想起了一件想問的事。

「噯，妳知道那個海邊在哪裡嗎？」

我抹去淚水問。

「咦？不就NANIWA嗎？」

母親果然搞錯讀音了。

我笑著搖搖頭：

「不是，那裡是NAMIHANA。漢字是『浪花』，讀音是NAMIHANA。」

「咦，原來是這樣喔。」

母親咯咯笑了。

接著，她慢慢地哼起歌來。

是那首懷念的、以前她在海邊唱給我聽的搖籃曲。

那首肯定、包容我的一切的溫柔歌曲。

——後來約一個月後，母親安詳地離世了。

＊

市立殯儀館的等候室是約十張榻榻米大的和室，隱約帶有一絲線香味。房間深處是巨大的落地窗，外頭有櫻花樹。花幾乎都謝光了，枝椏上布滿鮮嫩的綠葉。

等待火葬期間，抱著兒子賢一郎的妻子雪穗低聲道：

「媽直到最後都沒有認出你呢。」

「大概吧。」

我點點頭。

我幾乎天天去探望母親，但母親終究沒有認出我是她兒子，還有我有時候會抱去的嬰兒是她孫子。

自從小學三年級的夏天人間蒸發以來，我和母親就此失聯了三十多年。就在妻子產後感冒惡化住院時，我和母親重逢了。

——這位女士似乎是令堂。

我接到社福辦公室的電話，說有個女遊民路倒在河邊，查詢身分之後，發現是我的母親。當時她的癌症已病入膏肓，並且失智，意識不清。母親似乎只有一個人，父親的下落和生死皆不明。

爲了確認身分，我前往會面。女人頭髮半白、滿臉皺紋，但我一眼就認出了那是我的母親。

母親一看到我，驚呼了一聲，臉上浮現笑容。那聲音和笑容，有著漫長歲月淘洗也沖刷不掉的母親固有特徵。

但是，母親這麼叫我：

「——光夫。」

這是父親的名字。

母親失去了幾十年的記憶，相信自己才二十五歲，剛生下兒子（也就是我）。也就是在我兒時，帶我去祕密海邊的那個溫柔母親。

然後，母親把眼前的我當成了父親。我和父親似乎就是如此相似，讓她混濁的記憶把我錯認爲他。就如同我和賢一郎非常相似。

母親才剛結婚，決心與過去訣別，就以這樣的形式和母親重逢，讓我方寸大亂。母親那樣虐待我、最後拋棄了我，我根本別去探望她，任她自生自滅就好了。讓她在那裡等死就好了。然而我卻不由自主地去見母親。

然後，我冒充父親，配合母親的幻想。雖然就算我說明眞實狀況，母親可能也無法理解。

病房裡就宛如時光機，讓我得知了從來不曉得的父親和母親過去。

也就是父親小時候似乎也遭到祖父暴力虐待。然後我出生的時候，他一直害怕自己遲早也會對兒子動粗。

虐待是否會延續下去？——這正是我現在對兒子懷抱的恐懼。

母親鼓勵父親說「不會的」。

但是乘坐時光機而來的我知道。知道還是會的。知道父親的恐懼將會成眞，當時溫柔的父母將會消失不見。

可是，即便如此。

對於冒充父親提出質疑的我，母親一口咬定她會保護我、說我是她最重要的人。她對我是有感情的。即使那將在未來虛幻地崩潰，但在那個時間點，她確實是愛著我的。

「——有家人的回憶，我還是有點羨慕你。」

妻子說。雖然和我一樣都是兒虐倖存者，但她完全沒有父母的記憶。

「家人的回憶，往後就讓我們一起打造吧。」

我說，輕摸在她胸懷裡沉睡的賢一郎的頭。

「我們三個人一起。」

「嗯，就是啊。」

我感到不安。

因爲事實上虐待已經延續過一次了。從祖父到父親。父親儘管害怕著這種狀況，然而當困境接踵而至時，他終究還是動手打了我。不能保證我不會變成和父親一樣。我清楚這一點。

可是爲什麼呢？

儘管清楚這件事，但我的心情比以前輕鬆了許多。

沒事的，絕對不會有事的——對未來的樂觀湧上我的心頭。

不經意間，我聽見了歌聲。

搖籃曲。但不是母親爲我唱的那首歌，而是另一首。妻子哄著賢一郎，似乎隨口哼了起來。

我側耳聆聽著妻子的歌聲，目不轉睛地看著窗外。布滿綠芽的櫻樹緩緩地隨風搖擺。上方是一片蔚藍的天空。

在無風的房間裡，我感受到風。還有海潮香和波浪聲。

等到夏天，就一起去海邊吧！去那個祕密海邊。

弒神者

有本書叫《將棋年鑑》。不過除了棋士和將棋迷以外——也就是幾乎所有的社會一般大眾——應該都不知道這本書的存在。這本年鑑顧名思義，網羅了該年度將棋界的各種活動，每年八月由日本將棋聯盟發行出版。

本年度發行的《將棋年鑑》，將推出專題「逝世二十週年紀念　回顧棋神紅藤清司郎的軌跡」，我將以主要寫手的身分參與企畫。

紅藤清司郎這個名字，即使是對將棋沒興趣的人，應該也曾經耳聞。不，他離世都已經二十年了，年輕世代不知道的人應該比較多。

簡單說明紅藤這個人，他是「史上最強的棋士」。換句話說，是將棋歷史上最強的棋士。甚至有人稱他為棋神——將棋之神。

舉凡職業摔角、拳擊或是高爾夫球，任何領域都好，在人與人的競賽領域中，史上最強的選手是誰，向來是粉絲熱烈討論的話題之一。但是在將棋界，這是沒有討論餘地的。因為眾所公認，紅藤就是最強。

紅藤清司郎在距今三十多年前的一九八四年，年僅十二歲便成為職業棋士，十七歲便獲得棋界最高峰的「名人」頭銜，同時成為史上第一位七冠王（亦即在一年當中，獨占龍王、名人、棋聖、王位、王座、棋王、王將這七大頭銜）。並且在這之後，長達八年之間，持續守衛並獨占這全部的頭銜。

職業棋士這個身分，是自小在當地被稱爲天才的孩童們激烈競爭，只有這群小天才當中一小撮眞正的天才，才有辦法當上的（這麼說的我自己，其實也是未能成爲職業棋士的前天才之一）。這些「眞正的天才」們，實力都在伯仲之間，即使是職業棋士中公認厲害的角色，勝率也只有六成左右，只有極少數能達到七成。

然而在這樣的職業棋界，紅藤的合計勝率居然高達九成七。他幾乎不曾落敗。顯而易見，他是鶴立雞群的天才，即使說他是在不同的次元下將棋，應該也不爲過。「不世出」這樣的詞彙仍不足以形容，他完全就是棋神——不，其強大宛如鬼神。過去從來沒有紅藤這樣的棋士，往後也可能不會再有，因此所有人都不得不承認，他是史上最強。紅藤清司郎就是這樣一名棋士。

然而一九九七年五月，紅藤清司郎在第八度成功守住名人頭銜後，緊接著就成了不歸人。才剛滿二十五歲而已。當時他君臨世界頂點，正準備迎向巔峰，實在是夭折得太早了。

然而即使紅藤的肉體消亡，只剩下骨灰，安葬於墓地，他所留下的棋譜依舊燦然放光。他在官方賽中展現的新棋步，非常多都在後來成爲經典。往後只要將棋這種遊戲存在一天，他的名號與棋譜就會永遠流傳下去。

這次的專題報導，準備在紅藤逝後二十週年，重新回顧他的棋士生涯。除了詳細分析紅藤的將棋之外，還有描寫生前紅藤的傳記式讀物，以及如果紅藤和近年來有著飛躍性進步、據說甚至凌駕頂尖職業棋手的棋士軟體對戰，最後將鹿死誰手的預測短評等等，預定推出琳琅滿目的內容，讓重度及輕度將棋迷都能夠同樂。

但另一方面，也有絕對不能提到的禁忌。

具體來說，就是紅藤的死。

在《將棋年鑑》這類將棋聯盟官方出版的書籍中，紅藤的死亡詳情，從未化爲鉛字印刷其上。即使那是只要上網搜尋，任何人都可以輕易得知的內容。

紅藤清司郎這個人在將棋界形同神明，然而他過於醜聞式的死亡——不，遇害方式，直到現在仍是禁忌。

沒錯，遇害。

紅藤清司郎——將棋之神是遭人殺害的。被黑縞治明這名男子。

黑縞是與紅藤同齡的職業棋士，而且還是紅藤死前剛結束的名人戰挑戰者。換言之，黑縞是輸給紅藤的棋士。黑縞殺害紅藤後，也隨之自盡。凶案現場的公寓房間裡，留下了用文字處理機打出來的遺書，內容如下：

在名人戰這個舞臺挑戰紅藤後，我大徹大悟了。徹悟到他形同神明的強大。不，過去我也和紅藤對戰過多次，應該早就理解這個事實，但這回再次讓我切身體認到這件事了。

我和紅藤的實力差距，猶如天壤之別。這份差距，應該是永遠都絕對無法填補的。我也是從激烈的競爭中脫穎而出，贏得名人挑戰權的棋士。我對自己的天賦有自信，也從未疏於付出努力，將人生奉獻給將棋。但是，紅藤清司郎完全不在這個次元。他身處的領域，是稍微有點天賦的人類再怎麼努力，都絕對不可能爬到的地方。所以紅藤才會是棋神，是將棋之神。

只要紅藤存在，我就無法成為名人。不，不只是名人。龍王、王位、王將，任何頭銜都不必奢想了。這件事讓我絕望。

只要沒有紅藤，或許現在我已經是名人了。這樣的想法，很快就發酵成為殺意。我開始每天都在想著要殺掉紅藤。然後今天，我終於付諸實行了。

我明白要是這麼做，即使除掉了紅藤，我也會失去成為名人的機會。但是在我心

中，這已經不是這種問題了。我就是無法原諒紅藤清司郎這個人存在於世上。只要能除掉他，就算要以我自身作為代價，我也在所不惜。

我不打算在弒神之後，繼續留在世上苟且偷生。我一定為許多人造成了麻煩，也沒有方法可以彌補。我只在這裡想向世人告罪。

爲了爭奪自江戶時代延續至今，將棋頭銜中歷史最悠久、地位最崇高的「名人」寶座，挑戰者竟殺害了被視爲史上最強的名人。這起事件當然震撼了將棋界。長年來連續君臨頂點的棋士之死，導致所有的頭銜全數出缺，同時聯盟也失去了金字招牌。這件事在聯盟及贊助商之間引發了大問題，甚至導致後來的名人戰等多場棋戰贊助商換人的狀況。

一般媒體亦大肆報導，週刊和體育報也刊出了許多可解讀爲對將棋界中傷誹謗的報導內容。

將棋聯盟內部也亂成了一團。聯盟會長和理事被迫總辭，以此爲契機，原本在檯面下悶燒的棋士間的派閥對立浮上檯面，暴露出高舉傳統文化大纛的組織，管理竟是如此脆弱不堪。

我和紅藤及黑縞同齡，當時二十五歲。但我所屬的組織是聯盟的職業棋士培訓機構「獎勵會」。

要成爲職業棋士，必須先從獎勵會的激烈競爭中脫穎而出。而且還有年齡限制，二十六歲前無法成爲職業棋士的人，原則上會從獎勵會被逼退，再也無望成爲職業棋士。換句話說，二十五歲的我，正站在生死交關處。

不，頂多只能說勉強搆在那關卡上而已吧。當時的我，早已發現自己的才能極限。我一直以成爲職業棋士爲目標努力，卻怎麼樣都無法跨越高牆，不知不覺間，年齡限制已經逼近眼前。我覺得自己一定無法成爲職業棋士，半是死心認命，卻仍無法果斷地主動退會。

對這樣的我來說，在相同的年紀就已經立於棋界頂點的紅藤自不用說，與紅藤爭奪名人寶座的黑縞，就像是天上的鳳凰。然而案發後，黑縞的遺書被媒體公諸於世時，我忍不住想：「我懂。」

黑縞的絕望，是因爲無法成爲名人。我的絕望，是因爲無法成爲職業棋士。我明白兩者的層次天差地遠，但本質上應該是一樣的。至少我這麼認爲。

對於決心活在追求勝負的世界的人來說，當眼前擋著一堵無論如何都不可能跨越的高牆時，那種絕望的深重是無以形容的。因爲這形同自己過去所累積的一切、往後的一切——亦即自己從過去到未來的一切，都遭到了否定。

而絕望會帶來自暴自棄。

其實，當時我也想過要把獎勵會的競爭對手和順利成爲職業棋士的人全都殺了，然後一起同歸於盡。這當然是妄想，不可能付諸實行。但是絕望壓境，被負面感情呑噬，從而興起破壞願望——我覺得我能明白這種感受。

當然，即使如此，我也不打算爲黑縞開脫。

當妄想不只是妄想，而是實際犯下凶行，就成了罪行。而且是殺害甚至被稱爲棋神的天才棋士，這已不單純是殺人，更是對整個將棋界造成莫大打擊和損失的行爲。不管有任何理由，都不可能原諒。

後來過了二十年。

未曾犯下凶行的我，最後沒有成爲職業棋士，由於達到年齡限制而從獎勵會退會了。後來經過各種迂迴曲折，現在我成了一名自由作家。

老實說，我覺得自己寫作的天賦，比將棋的天賦還要貧乏，但是從成爲職業人士的門檻來看，比起將棋，賣文爲生更容易了許多。加上我算是精通將棋，這個強項讓我接到勉強餬口的稿量。就像這次的《將棋年鑑》專題，最近也開始接到將棋聯盟的刊物和將棋專門雜誌的案子。

如今回想，當時因爲無法成爲職業棋士而徹底絕望的人生，似乎也沒那麼糟糕。那麼黑縞呢？如果他回心轉意，沒有殺害紅藤，他現在會是什麼境況？回顧那起慘案，我忍不住有了這些無濟於事的念頭。

這次的專題當然不可能提到那起命案。與編輯部事前討論時，就說定關於紅藤的死，只用一句「死於非命」帶過。

我只希望這次專題能夠安慰死者在天之靈。

藉由重新整理紅藤清司郎這位有棋神之稱的棋士足跡，希望這能夠安慰他、以及愚蠢地殺害了他的男子的靈魂。

*

所以當我有機會向紅藤清司郎的遺孀——紅藤毬子女士採訪時，我並不打算詢問命案的事。

毬子女士是一家老字號布莊的女兒，年紀比紅藤大兩歲，紅藤都向她家訂製出席正式場合的和服禮服。她現在已經四十六——不，四十七歲了嗎？周身散發出符合年齡的高貴之美。

身爲棋士，很早就嶄露頭角的紅藤，從十幾歲的時候就是毬子娘家的顧客，彼此認識。紅藤主動追求毬子，這件事相當知名，他曾在訪談中表示：「其實我對她是一見鍾情，但花了好幾年，才敢鼓起勇氣表白心意。」兩人在紅藤二十一歲的時候結婚。這時紅藤已是獨占七冠的天才棋士，君臨棋界巔峰。

兩人的婚姻生活在第五年唐突地告終了。不，被斬斷了。被一個絕望地認定只要紅藤存在一天，他就無法成爲名人的男子。兩人沒有孩子。

案發後，毬子女士和將棋界保持距離。爲這次的專題提出採訪邀請時，其實我也不抱希望，早有一定會被拒絕的心理準備。

沒想到得到了令人喜出望外的答覆。

毬子女士沒有再婚，繼續冠夫姓紅藤，現在在鎌倉和父母同住。她邀請我到自家，大方地述說她和紅藤認識的經緯以及婚姻生活的點滴。

像是第一次約會，約在澀谷的忠犬八公像前碰面，但因爲人潮太多，兩人都花了好一番工夫才找到彼此。還有紅藤對衣著漫不經心，會滿不在乎地穿左右不同花紋的襪子，教人傻眼。若是拿掉天才棋士與良家千金這樣的身分屬性，這些都是一般鶼鰈情深的夫妻會有的相處插曲。不過比起這些，遺孀不時懷念地瞇眼的動作，讓我看出她是真心愛著紅藤。而且她還提供了從未在媒體上曝光的紅藤在蜜月旅行期間的照片。這趟採訪可謂是滿載而歸。

準備的問題都問完了，我正準備差不多要告辭的時候，毬子女士忽然立下決心似地開口：

「其實，那起事件，我到現在都還沒辦法接受……外子——清司郎爲什麼會被殺害……」

事後回想，或許毬子女士也希望我問她。因爲她答應採訪的回覆函上寫著「任何問題都請提問，不必客氣」。

我沒想到居然會談到命案，一時答不上話。

毬子女士直盯著我看，就像在等我開口。

焦急的我擠出想到的話：

「那、那天……是毬子女士那個……發現的呢。」

毬子女士靜靜地點頭：

「沒錯，就是這樣。那天沒有對戰或工作預定，但是都過了晚上八點，清司郎還沒有回家——」

她說紅藤在自家附近租了單房公寓，用來鑽研棋藝，沒有特別預定的日子，他每天都會在早上九點去那裡「上班」。自家也有紅藤的房間，但與生活場域區分開來，似乎才能專注。許多職業棋士都會像這樣在自家以外準備研究棋藝的空間。

毬子女士以沒什麼抑揚頓挫的聲音，淡淡地述說案發當日的情形：

「——清司郎一定會在晚上八點回到家，和我一起用晚餐。臨時有事，無法在八點前回家時，也一定會打電話通知。並不是說我們夫妻間有這樣的規矩，但是從來沒有例外。是的，婚後四年之間，清司郎從來沒有不先通知，過了晚上八點卻沒有回家。那天是第一次。他不是小孩子了，八點也不是應該擔心的時間，但因為從來沒有這種情形，我感到很不安……所以我打電話過去公寓那裡。雖然有鈴聲，但沒有人接聽。我擔心他會不會是突然生病倒下，所以……對，我去了他租的公寓……」

結果，前往紅藤租來鑽研棋藝公寓的毬子女士，在那裡發現了倒地的丈夫。但紅藤並不是病發倒地，而是身中多刀，渾身是血。發現時似乎已經沒有呼吸心跳了。

紅藤倒地的姿勢，就像匍匐在約十張榻榻米大的房間靠玄關那一側。此外，房間裡還倒著另一個人，一樣沒了呼吸心跳，那就是黑縞。黑縞靠坐在牆上，脖子流出大量鮮血。房間中央放置著擺了將棋盤的桌椅，那份遺書就放在桌上。

房間裡究竟發生了什麼事？後來警方調查相關事證，細節幾乎都已釐清。

黑縞是在案發當天的下午五點左右拜訪公寓。這一點從公寓大門設置的監視器確認了。黑縞來訪約三十分鐘前，也就是下午四點半左右，他打電話到紅藤的公寓。應該是藉口某些理由，和紅藤約了見面。

紅藤的死亡推定時刻是下午五點多。換言之，黑縞一來公寓，隨即動手行凶。

黑縞在行凶約三天前，在居家賣場買了一把大型主廚刀，藏在皮包裡。紅藤請黑縞進房間後，黑縞便取出主廚刀，首先從背後朝紅藤的背部刺了一刀，接著連續亂刀刺殺。紅藤拚命抵抗，試圖逃亡，卻功敗垂成，命喪刀下。

接著黑縞把遺書放到桌上，自刎而死。遺書是事先準備的，黑縞自家的文書處理機也找到了相同的存檔內容。此外，遺書最後有親筆簽名，筆跡與黑縞的吻合。

「——房間裡一片血海，真的相當怵目驚心，就好像地獄一樣。直到現在，那是叫閃現嗎？有時候那幕景象仍會突然冒出腦海中，讓我的心臟怦怦跳個不停，甚至呼吸不過來。沒錯，我被診斷是創傷後壓力症候群，現在仍然必須每個月去身心科看診。啊，不，我說的心情上無法接受，不光是這些而已。」

毬子女士一口氣說到這裡，暫時打住，吸了一口氣。

我的掌心不知不覺間滲出汗水。

我不知道她到現在仍飽受創傷後壓力症候群所苦。不過仔細想想，這或許是當然的。畢竟她看到了心愛丈夫慘遭殺害的現場。

我默默等待下文。

毬子女士開口：

「那個時候，黑縞先生的臉上泛著笑容。」

「笑容？」

「是的，沒錯。在那一片宛如地獄般的血海房間裡，他安詳地笑著。沒錯，非常安詳。死去黑縞先生臉上露出的笑容，就彷彿放下心來、十足篤定。」

這件事我第一次聽說。

意思是黑縞是笑著死去的，而且是安詳地死去？

毬子女士接著說：

「案發當時，我也非常混亂，因爲悲痛和恐懼，什麼事都無法思考，可是後來我漸漸疑惑起來：那個人爲什麼會那樣笑呢？因爲如果就像遺書上寫的，他應該是不惜以自己的性命爲代價，都想要殺掉將棋比自己厲害的清司郎對吧？將棋的事我不懂，更不懂殺人的人在想什麼，但是懷抱著那樣悲壯決心痛下殺手的人，能夠露出那樣安詳的笑容嗎？我聽說黑縞先生從小就認識清司郎，對他非常尊敬。說起來，人會只因爲贏不過尊敬的人，就把對方殺了嗎？是不是還有什麼別的理由？那起命案，是不是有什麼遺書上沒有提到的其他眞相？」

毬子女士的聲音悲痛極了。她似乎在懷疑遺書的內容眞實性。

確實，紅藤和黑縞從小就透過將棋認識，黑縞也向來對外宣稱他一直對紅藤極爲尊敬。

可是，不就是因爲這樣嗎？就因爲紅藤的存在過於壓倒性，讓人望塵莫及，只能瞻仰崇敬，所以黑縞才會殺害紅藤，不是嗎？因爲他覺得只要紅藤存在世上一天，他就無法成爲名人，絕望心死。

我問：

「請問，關於您說的案子的其他眞相，您有什麼想法嗎？」

毬子女士聞言眨了眨眼，垂下目光低聲說：

「也許黑縞先生對清司郎的感情，是不同於尊敬的其他感情。」

「什麼？」

「簡而言之，就是愛情。」

「咦？等、等一下，您是說黑縞愛著紅藤先生？」

「是的。」

「黑、黑縞是同性戀者嗎？」

我從來沒聽說過這種事。

毬子女士含糊地點點頭：

「我在清司郎的就位式看過黑縞先生幾次，從他對清司郎的眼神和聲音，隱約感覺得出來。我那時候就在猜，或許這個人喜歡清司郎……」

「喔……」

我忍不住發出呆愣的應聲。

實在難以置信。至少我從來沒聽說過這種說法。

「你無法相信嗎？」

彷彿察覺了我內心的質疑，毬子女士微微蹙眉。

「不，也不是不信……呃，有沒有什麼可以明確斷定他就是同志的證據，或是根據……」

毬子女士搖搖頭：

「沒有。勉強要說的話，就是直覺。女人的直覺。」

「女人的直覺啊……」

「是的。但我愈是回想，愈覺得一定就是這樣。而且在案發約一年前，黑縞先生曾經來拜訪過清司郎。」

「咦？和案發那天一樣，是去研究棋藝的公寓那裡嗎？」

「是的。應該是七月底的時候。某天傍晚時分，我接到清司郎的電話，說『黑縞來公寓找我聊天，可能還要一陣子，今天我會晚點回去』。清司郎說，黑縞先生突然跑去公寓，說有話要跟他說。公寓的住址和電話，聯盟的聯絡名冊上面都有，黑縞先生應該是從那裡查到的。那天清司郎大概晚上十一點多才回家，看起來相當憔悴。我問他出了什麼事，清司郎只說『沒什麼，只是我沒辦法回應黑縞的期待』……」

「無法回應黑縞的期待……」

我重複據說是紅藤說過的話。

「他沒有告訴我具體來說是無法回應什麼期待，但我馬上就想到了。黑縞先生一定是來向清司郎吐露深藏在心底的情愫的。但清司郎說他無法接受。所以黑縞先生是不是認爲，既然無法將紅藤據爲己有，乾脆同歸於盡，才會做出那種事？因爲他認爲或許兩人可以在死後的世界結合，所以才能露出那般安詳的笑容死去，不是嗎？」

毬子女士熱切地說著。

至少她似乎認爲這就是眞相。但……

「案發後，您把這件事告訴警方了嗎？」

「當然說了。他們說很有意思。可是……如果不知道兩人具體上談了些什麼，也無從得知是否和命案有關。警方說，黑縞先生對清司郎懷有愛意，這應該是我多心了。」

我認爲警方這樣認定是妥當的。

案發前黑縞也曾經拜訪過紅藤，這件事確實值得玩味。但接下來全都是毬子女士的推測而已。

對話中斷，沉默籠罩下來。

很快地，毬子女士露出寂寞的苦笑，打破了沉默：

「對不起，我這人眞是，突然講這種話……明明事情都過去了，現在再說這些也於事無補呢。明明就算揭發眞相，清司郎也不可能復生，那天我目睹的景象也不可能忘記……」

＊

從毬子女士那裡聽到的事，在腦中縈迴不去。

當然，我沒辦法照單全收。沒有任何稱得上證據的事實，她自己也說是直覺。

對於和棋士世界無緣的毬子女士來說，比起遺書上說的「因爲無法成爲名人，所以殺了紅藤」，「其實黑縞是同性戀者，出於戀愛感情的糾葛而殺了紅藤」這個理由，或許更讓人信服。面對甚至讓人罹患創傷後壓力症候群的殘酷強烈衝擊，人會傾向於相信更容易理解的情節才是現實，或許有這樣的心理在作用。

但還是讓人耿耿於懷。

案發一年前，一九九六年的七月底，黑縞是爲了什麼事前去拜訪紅藤鑽研棋藝的公寓？然後紅藤說的「無法回應期待」，是什麼意思？

認爲黑縞是同性戀者的毬子女士，推測黑縞在這時向紅藤表白了。但當然也有可能黑縞是去拜託紅藤別的事。

先撇開是否有戀愛感情的糾葛，那起命案，是否還有其他眞相？黑縞是不是有遺書上未曾交代的其他動機？——這樣的疑惑浮現在我的腦中一隅。

我爲了專題報導蒐集資料時，順帶找了一下當時的報章雜誌，重新調查案子。但並未看到任何新穎的線索。說是當然也是當然的。也許根本沒有什麼別的眞相。但我想到一個熟識黑縞的人，爲了愼重起見，決定也向他討教一番。

命案的事，不管怎麼調查，應該都無法放進紅藤的專題報導當中。就像毬子女士說的，事到如今或許都是無濟於事。但我就是渴望知道。如果有什麼未被揭露的眞相，我覺得爲了安慰他們的在天之靈，挖掘出眞相一定是必要的。

我從開店就一直在池袋的居酒屋等待，晚上九點多左右，那名棋士——井草昇一七段飄然現身。

「咦，這不是井草大師嗎？」

我出聲招呼道。雖然假裝成偶遇，但我知道井草七段只要來到東京，就一定會來光顧這家店。

「喔，原來是你。怎麼會在這種地方碰上？」

「好久不見了，大師別來無恙嗎？」

「低迷不振啊，將棋怎麼下怎麼輸，全身關節又到處痠痛。」

井草七段苦笑說，他年過花甲，仍是現役活躍的資深棋士。雖然不曾贏得頭銜，但長年來身爲強手之一，是支持著將棋界的中堅棋士。我還在將棋界的時候，他是獎勵會的幹事，彼此相當了解。

「難得遇到，要不要一起喝一杯？」

慶幸的是，對方主動邀約。我們移動到剛好空出來的小包廂，舉杯對飲。

井草七段是黑縞的師父，應該是棋界裡最親近黑縞的人。他從以前就是出了名的一喝就停不下來，而且愈醉愈饒舌。

幸好我對自己的肝臟強健很有自信，因此開喝後的頭三個小時，先聊些稀鬆平常的閒話，兩個人喝光了約十支小酒壺。

然後我看看時間也過了午夜，便試探地說：「這麼說來，井草大師從黑縞治明小時候就認識他呢。」

結果井草七段彷彿猝不及防，驚呼了一聲：「咦！」

對井草七段來說，黑縞或許是他根本不願意想起來的人。如果害他不舒服，問不出什麼名堂，我覺得也是沒辦法的事。

沒想到井草七段喟嘆一聲，接著點點頭：

「是啊。黑縞他啊，以前都會去御堂大街的兒童將棋中心。我算是那個中心的師範，所以從小就認識他。他第一次來，應該是剛上小學一年級的時候。還記得他說是從東京搬來的，在大阪這邊的學校遲遲交不到朋友，所以他媽媽把他帶來小孩會來的地方。」

井草七段的眼神飄向斜上方，就像在注視遠去的時光，接著說：

「會變成職業棋士的小孩多半都是這樣，該說是直覺靈敏呢，還是素質好呢，一下子就會嶄露頭角了。學會怎麼動棋子後，不到一年就開始打敗大人了。我心想這孩子是天才，而且是我看過的孩子裡面，最出類拔萃的天才。我從經驗知道，有天分的孩子，都一定會愛上將棋。因爲將棋是贏了就會覺得好玩的遊戲，對於喜歡的事物，就會做得更好，做得更好，就會更加喜愛。黑縞也不例外，他說『比電動好玩太多了』，像是暑假的時候，每天從早到晚都泡在中心下將棋。」

黑縞國小三年級的時候，在當地已經所向無敵，爲了追求更厲害的對手，開始參加大型將棋比賽。

到這裡，都是我也知道的事。加入獎勵會，以成爲職業棋士爲目標的小孩，每一個在故鄉都是從小就能打敗大人的知名天才。

但是就如同我是如此，大部分的孩子參加大型賽事後，就會認清自己這種程度的天才全國到處都是，自己只是個井底之蛙。從此以後，就爲了爭奪職業棋士的寶座，長年和這些天才們在棋盤上廝殺。

但黑縞在小學三年級第一次參加的「小學生將棋名人戰」預賽中，一下子就打敗五、六年級生，贏得了冠軍，成爲大阪代表，這表示他絕非井底之蛙。這場大賽是以成爲職業棋士爲目標的小孩的登龍門，尤其是大阪地區，和東京及神奈川並列爲一級戰區。能在小學三年級擊敗其他對手，成爲大阪府的代表，絕非泛泛之輩。

但是這麼厲害的黑縞，也遇上了一堵高牆。

「我啊，一直覺得黑縞的話，很可能在小學三年級成爲史上最年輕的全國冠軍，沒想到他在全國大賽落敗了。不過，黑縞那小子明明輸了，卻興奮得不得了。他說：

『我遇到一個超厲害的人，他太強了，而且跟我一樣讀三年級』……」

「那個厲害的人，就是紅藤先生對嗎？」

「是啊，沒錯，就是紅藤清司郎。」

同年的紅藤和黑縞，曾在彼此小三的時候，在小學生將棋名人戰全國大賽中對奕，這件事膾炙人口。黑縞經常在公開發言中說「我從小學第一次和紅藤對奕開始，就一直很尊敬他」。這就如同毬子女士所說的。但是命案發生後，許多媒體都把那件事扭曲報導為「兒時結下的梁子」。

此外，當時打敗黑縞的紅藤，就這樣贏得了全國冠軍。小學三年級成為全國冠軍，這在小學生將棋名人戰史上是最年幼的紀錄，到目前仍無人能打破。接著紅藤在當年秋天加入獎勵會，短短三年後，即將升國中的十二歲就成了職業棋士。當然，這也創下了史上最年幼的紀錄。

另一方面，黑縞被紅藤擊敗後的第二年，五年級的時候在小學生名人戰贏得全國冠軍，接著加入獎勵會，十七歲時成為職業棋士。加入獎勵會時，必須拜職業棋士為師，黑縞的話，就是井草七段接下了這個職務。將棋的師徒關係，很多時候都只是形式，但井草七段因為從黑縞小時候就認識他，因此似乎在各方面都很照顧他。

「不過我根本沒什麼可以教給黑縞的。從他在獎勵會那時候，就連在練習賽的時候，我也完全打不過他。看在我這種凡才眼中，黑縞就已經是個怪物了。在極少數的情況下，黑縞也是有打贏紅藤的時候。然而……怎麼會變成那樣……」

不知不覺間，井草七段竟老淚縱橫起來。

黑縞就已經是個怪物了——井草七段這話完全沒錯。雖然黑縞在小學生將棋名人戰中輸給紅藤，錯失了史上最年幼的頭銜，但後來也贏得了冠軍。十七歲成爲職業棋士，和紅藤相比是慢了五年沒錯，但已經算是相當快的了。像一直到二十六歲都無法成爲職業棋士，只得退出獎勵會的我，根本難望其項背。

成爲職業棋士以後，黑縞也維持著極高的勝率，累積勝利，在案發前甚至成爲名人戰的挑戰者。此外，就像井草七段說的，雖然次數不多，但黑縞甚至打敗過紅藤。

黑縞與紅藤的成績總計，從黑縞來看是四勝十九敗。雖然確實是落敗壓倒性地居多，但除了黑縞以外，沒有任何棋士能打敗紅藤四次之多。

生前的紅藤，在官方賽中總計和一二二名棋士對局過，其中贏過他一次的僅有八名。而這八名棋士每一位都是翹楚中的翹楚。其中贏過兩次以上的，包括黑縞在內有三名，除了黑縞以外的兩人，都只贏過兩次而已。

贏過紅藤四次的黑縞，也算是不同凡響。紅藤與黑縞的對決賽，被稱爲「頂上對決」、「金牌對決」。當時若問「除了紅藤以外，哪個棋士最厲害」，絕大多數的棋界人士應該都會搬出黑縞治明的名字。

黑縞或許不及棋神，但就像井草七段說的，是「出類拔萃的天才」。身爲師父，看到黑縞犯下那樣的罪行，還是只能說痛心疾首吧。

「黑縞總是公開說他尊敬紅藤先生，他平常就對紅藤先生相當在意嗎？」

我這麼問，井草七段想了一下，點點頭：

「嗯，是啊，從他小學輸給紅藤那天開始，他就一直意識著紅藤。他老是說『紅藤眞的好厲害』，棋風也深受影響。」

「原來是這樣啊。」

「是啊，黑縞那小子，小時候算是破格型，或者說奮戰型，下棋的時候不受典範棋步所拘束，但自從輸給紅藤以後，就彷彿拿紅藤當範本一樣，轉變成正統派棋風。也因爲這樣，讓他蛻變成長，所以我覺得是好事一樁。人有了目標，就會成長。」

井草七段說，紅藤的每一場對局，黑縞都絕不錯過，鑽研將棋時，也幾乎都是在研究紅藤的棋譜。如果有雜誌報導紅藤，即使是和將棋無關的一般雜誌，黑縞也一定會買來，把報導剪下來收藏。

此外，在將棋迷和相關人士稱紅藤爲「棋神」相當久以前，黑縞就常說「紅藤是將棋的神」。

「所以有一次我規勸他，『就算是玩笑，也不能像那樣把對手當成神，否則會贏不了的』。結果黑縞那小子一本正經地說：『我才不可能是紅藤的對手。因爲他眞的就是將棋的神，是要留名青史的棋士。』那小子怎麼說，眞的是盲目地把紅藤當成神在膜拜。沒想到……」

從井草七段的話，可以聽出黑縞對紅藤的強烈執著。

我立下決心問出口：

「那個，井草大師，其實我聽說黑縞是同性戀者，愛慕著紅藤先生……」

井草七段聞言睜圓了眼睛：

「你怎麼會——」

「咦？」

「啊！不，不是不是。哪有這種事，少胡說八道了！」

井草七段忙不迭否定，但爲時已晚了。不管怎麼想，他剛才都是要說「你怎麼會知道」。提問的我反而嚇了一跳。

「大師，傳聞是眞的呢……」

「不，就說不是了。」

「紅藤先生的夫人，毬子女士好像發現了。」

「毬子夫人？」

「是的。她本人說是女人的直覺——」

我扼要地說明毬子女士告訴我的事。

聽完後，井草七段搔了搔頭，放棄掙扎似地嘆了口氣：

「……眞了不起的直覺。沒錯。那小子的確對紅藤抱有那種感情。他曾經明確地說『我愛著紅藤』——」

井草七段的觀念是，有實力的棋士最好趁年輕成家，因此在同年的紅藤二十一歲結婚時，他也建議黑縞結婚，不停地爲他尋找相親機會。可能是眞的吃不消了，某天黑縞突然說「我只告訴師父你實話，請你替我保密」，坦承了自己的性傾向，以及自從在小學生將棋名人戰認識以後，就對紅藤一見鍾情，一直愛慕著他的事實。

井草七段大吃一驚，但他天性寬容，心想「唔，也是有這種人吧」，依照黑縞的要求，一直保守著祕密。

「案發後，大師也沒有告訴警方嗎？」

我問，井草七段點點頭：

「我覺得沒說是對的。要是說了，警方可能會像毬子女士那樣，誤會是紅藤甩了黑縞，才會讓黑縞失去理智。我也不是要包庇黑縞，但要是被人說成那樣，他也會死不瞑目吧。」

「誤會啊……」

「沒錯。因爲黑縞斬釘截鐵地跟我說過：『我絕對不會向紅藤表白心意。我只要私下愛慕他就心滿意足了。』他說他不想讓已經和毬子女士結婚的紅藤困擾。他還說：『我打從心底祝福紅藤的婚事。我愛著他，但是身爲棋士，對他的景仰之情，更遠遠勝過愛意。』他已經處理好自己的感情了。這樣一個人，不可能只因爲紅藤不青睞自己，就把對方給殺了。」

「那麼，爲什麼案發一年前，黑縞會去拜訪紅藤先生呢？紅藤先生說的『我無法回應黑縞的期待』，又是什麼意思呢？」

「我不可能知道。我又不是黑縞。不過那小子應該不會說出他的心意。」

「井草大師認爲黑縞果然就如同那封遺書說的，是因爲無法成爲名人而絕望，憤而犯下凶行嗎？」

井草七段重重地嘆了一口氣，點了點頭：

「是啊。無論如何都想成爲第一、想要成爲名人，這樣的渴望，就連我這種和頭銜無緣的棋士都有。姑且不論是否眞的會因此殺人啦。這就是活在輸贏世界的人啊。你也待過獎勵會，應該明白吧？」

「嗯，是啊……」

我附和道。井草七段接著說：

「黑縞好歹也是個棋士，是職業人士。實際上爬到能夠挑戰紅藤的位置，也許爭強好勝的心，完全蓋過了愛情和尊敬吧。然後他陷入絕望……」

總覺得哪裡無法信服。

無論如何都想成爲名人的渴望，我確實理解。案發當時，我把無法在獎勵會脫穎而出的自己，和無法成爲名人的黑縞重疊在一起，對遺書內容萌生出黑暗的共鳴。但是像這樣聽到黑縞生前的爲人，卻總覺得扞格不入。我提出疑問：

「眞的是這樣嗎？從大師的描述聽來，黑縞執著於紅藤先生，這一點確實沒錯，但我總覺得那不是敵意和嫉妒，而是更純粹的尊敬和嚮往……」

井草七段瞇起眼睛：

「我原本也這麼以爲。可是，他實際上就做出了那種事。」

「是的，所以或許是出於其他原因……」

井草七段搖頭打斷我的話：

「別人內心的想法，外人不可能知曉。那小子是因爲無法成爲名人，陷入絕望，才殺了紅藤並自殺。他自己這麼說的，在遺書上這麼說的。既然如此，就是這樣了吧？橫豎那小子都做出了無法挽回的錯事，他就是個無可救藥的蠢小子。當後人回顧將棋的歷史，想到他的時候，不會把他當成挑戰名人的頂尖棋士，而會是殺死棋神的愚蠢混帳。最起碼就相信遺書上寫的，接受他的動機就是這樣吧。」

井草七段的聲音不知不覺間變得顫抖，帶著淚音。

我不知道該如何回話。

一段沉默之後，井草七段抬頭說：

「今天我太多話了。不好意思，可以全部忘掉嗎？尤其是黑縞愛慕紅藤這件事。就算現在再公開這件事，也只會引來下作的揣測。黑縞雖然是個無可救藥的蠢小子，但他都已經不在人世了。」

＊

黑縞眞的是個同性戀者。毬子女士的女性直覺似乎是正確的。我猶豫是否要把這件事告訴她，但暫時先按照井草七段的要求，深藏在我一個人的心底。

即使黑縞對紅藤懷有戀愛感情是事實，但因爲情意未被接納，憤而痛下殺手，目前也只是毬子女士的猜測而已。

井草七段斷定這樣的解讀是誤會。他說黑縞已經整理好對紅藤的感情，甚至說過他祝福紅藤的婚姻。

另一方面，即使就像井草七段說的，動機就如同遺書上所寫，還是有令人費解之處。

譬如說，案發一年前，黑縞拜訪紅藤的事。當時兩人說了什麼？紅藤說的「無法回應期待」所指爲何？

而且，黑縞將紅藤視爲戀愛對象愛慕，身爲棋士，又將紅藤視爲神明般崇敬，黑縞這樣的性格，與遺書中所寫的，因爲無法成爲名人而絕望，「無法原諒紅藤清司郎這個人存在世上」，加以殺害的人格，總覺得彼此矛盾。

那起命案是不是有什麼更讓人信服的眞相？——我這麼想，翻遍了當時的報章雜誌，卻沒有令人眼睛一亮的發現。我還實際去了現在已經變成停車場的命案公寓原址，但當然沒有任何發現。

撇開這件事，《將棋年鑑》的專題報導「逝世二十週年紀念　回顧棋神紅藤清司郎的軌跡」的寫作工作順利進行。作爲事前資料，我調查了紅藤生前的棋譜，再次了解到他的厲害和偉大。無論黑縞是基於什麼樣的想法而犯下凶行，用不著說，紅藤清司郎這名棋士，棋神之名是當之無愧。

這天，我拜訪位於南青山的新創企業「戴那軟體」的辦公室。

被領進會客室裡面，一名戴著時髦半框眼鏡、理了顆蘑菇頭的男子——三杉駿太正在等我。

三杉才三十出頭，卻是將棋軟體開發界的領頭羊。他所開發的將棋軟體「深紅」，在選拔將棋軟體冠軍的「世界電腦將棋選手權」中，奪下去年和今年的二連霸，被譽爲目前最厲害的軟體。

我爲了計畫加入專題報導的短評「如果紅藤清司郎和最新將棋軟體對局，將鹿死誰手？」，前來採訪三杉。

三杉一開口就說。

「其實我小時候也下過將棋。暑假幾乎天天去街上的將棋道場。」

將棋軟體的開發者裡面，也有不少將棋愛好家。三杉似乎也是其中之一。

「我最迷將棋，大概是小學高年級的時候吧。剛好是紅藤獨占七冠，最爲活躍的時期。小孩子還是喜歡厲害的事物，紅藤是我的英雄。」

「聽說您開發的將棋軟體『深紅』，命名也是來自於紅藤的名字？」

這件事很有名，也列在維基百科當中。這次我會向三杉提出採訪，也是期待他身爲紅藤迷，很可能願意大力協助。

三杉笑著點點頭：

「是的。所以如果紅藤能和『深紅』對局，結果會是如何，我非常感興趣。因爲紅藤還在世的時候，將棋軟體不像現在這麼厲害。那些軟體別說職業棋士了，連棋藝好一點的業餘愛好家都打不過。小時候我也有電玩主機的將棋遊戲片，但就連業餘一級的我，都覺得太簡單了，不好玩。」

三杉懷念地說。

說到紅藤逝後的這二十年來，將棋界最大的話題，應該是電腦將棋——將棋軟體的崛起吧。

將棋軟體的開發本身，從七〇年代中期就開始了，但就像三杉說的，直到九〇年代，它的棋力都遠遠不及人類。

據說在一九九五年當時，最先進的軟體也才勉強達到業餘初段的水準，一般市場普及的將棋遊戲軟體一定更弱了。無怪乎當時業餘一級的三杉會覺得「太簡單」。

曾經有一位前名人的重量級棋士斷言說「電腦永遠贏不了職業棋士」，但這話絕非逞強，而是將棋界人士的共識吧。這麼說的我自己，也從未想過會有電腦擊敗職業棋士的一天。

然而將棋軟體的進化日新月異。據說大概以兩年進步一段的速度，腳踏實地地增強棋力。

「——我上國中以後，也因爲環境的變化，暫時離開了將棋。然後上大學以後，啊，是二〇〇二年的時候，在網路上發現將棋對局網站，又開始下起將棋……然後也買了最新的遊戲軟體，發現變得非常強，讓我相當驚訝，記憶深刻。那個時候，將棋軟體大概有業餘高級、四段左右的棋力了。憑我的棋力，已經沒辦法擊敗了。當然，和職業棋士之間還是有相當大的差距，但我相信如果將棋軟體以這樣的速度繼續變強，總有一天電腦有可能超越職業棋士。那時候我剛好想要在大學學習人工智慧，所以有一半是出於興趣，想要自己來做做看，這就是開發『深紅』的契機。」

後來三杉成爲最強將棋軟體的開發者，打出名號，他與他開發的「深紅」被現在的「戴那軟體」挖角進入公司。

「好厲害，因爲興趣開發的將棋軟體，甚至變成了工作。」

我這麼說，三杉搔頭苦笑：

「沒有啦，並不是從一開始就這麼順利。雖然勉強做出了以當時的技術水準來說『厲害業餘人士』程度的軟體，但接下來的牆壁實在又高又厚，很難做出足以匹敵職業棋士的軟體——」

將棋是種棋步組合有限，沒有巧合餘地的遊戲。三杉說，用專門術語來說，屬於「二人零和有限確定完全資訊遊戲」類的遊戲。黑白棋、西洋棋、圍棋也屬於這類。

這些「二人零和有限確定完全資訊遊戲」基於它的性質，能夠計算出對手的棋步，加以預測。換言之，在這類遊戲當中，所謂的「厲害」，就是「能夠更深入、更正確地預測對方的棋步」。那麼，只要讓運算能力比人類更強的電腦學習更多的棋譜，自然就會變強——然而事情並沒有這麼單純。

雖然只是將四十枚棋子，在總共八十一格的有限空間裡移動的遊戲，將棋的步數卻多達十的二二六乘方——一後面有二二六個〇——近乎無限，要計算出全部的步數，即使搬出超級電腦，據說也得花上數億年。因此就算是運算能力高超的電腦，光是暴力式地計算棋步，也無法下出好棋。必須有「這樣的棋路才是好棋」的基準——以將棋的術語來說，就是「大局觀」——有效率地預測棋步才行。

其實人類的大腦非常理所當然地進行著這樣的作業，但是要讓電腦做出一樣的事，卻非常困難。

要讓電腦擁有大局觀，就必須教會它什麼樣的棋步才是好棋的判斷基準。但電腦不懂人類的語言，因此必須透過公式的形式來寫成程式，這樣的公式叫做「評估函數」。

這評估函數，就是將棋軟體的核心，只要有傑出的評估函數，電腦就能發揮與生俱來的運算能力，做出更適切的判讀，下出好棋步。換句話說，評估函數的優劣，等同於將棋軟體的優劣。

不過在將棋中，什麼樣的棋步算是好棋，視情況而不同，不是能簡單地轉化爲公式的。由於許多的開發者苦心孤詣打造評估函數，二〇〇〇年代初期，將棋軟體的棋力甚至達到了業餘高級人士水準。但接下來就有些原地踏步了。難很再有更進一步的提升，也就是趕上職業棋士水準。

「——一直到二〇〇四年左右，狀況終於有了突破。業界開始運用機器學習，或是深度學習的手法，來打造評估函數。這成了將棋軟體開發的重大突破。」

「深度學習這個詞，最近常在資訊科技或人工智慧的報導中看到呢。」

「是的。深度學習這種手法，是在讓人工智慧做出判斷時，不是由人類以程式列出精細的基準，而是讓電腦讀取大量的數據，讓電腦自行學習，自己打造出基準。比方說，讓人工智慧在搜尋圖片分辨貓狗的時候，不是透過程式告訴電腦貓的眼睛往上揚、狗的嘴巴比較尖這些，而是讓電腦分析大量的貓狗照片，讓它自己學習分辨貓狗的基準。這種手法若是順利，反覆學習得更多，功能就會更爲精準。電腦的圖片搜尋、臉部認證，還有翻譯等等，近年來正確性都急速提升，就是這個緣故。」

「就是把深度學習應用在將棋軟體上面呢。」

「是的。將棋的話，不是像過去那樣，由人類打造評估函數，而是讓電腦分析大量的棋譜，讓電腦自動生成評估函數。如此生成的評估函數極爲複雜，說起來就像是『只有電腦才能理解的語言』，就連我們這些人工智慧的專家都無法解讀。至於生成的評估函數是否優秀、將棋軟體實際上厲不厲害，都要實際去試才知道。在將棋軟體開發中，深度學習是否有效，在技術上是一個賭注。但以這種方式完成的將棋軟體，比過去的軟體都要強。換句話說，這場賭注是我們贏了。」

「透過這種技術，將棋軟體得到了凌駕職業棋士的棋力嗎？」

「沒錯。『深紅』的開發，當然也採納了這種深度學習，在我們交談的這一刻，它也正在分析棋譜，變得更加厲害。」

三杉自信十足地說。

事實上，三杉的「深紅」在過去的對局比賽中，逐一擊敗了眾多的強手棋士，在今年春天與現役名人的對局中，也贏得了壓倒性的勝利。

客觀來看，目前的狀況，即使說「將棋軟體超越了職業棋士」也不爲過。但這並不等同於「將棋軟體超越了紅藤清司郎」。

目前現役的職業棋士，或許已經沒有人能夠打倒將棋軟體了。但如果紅藤還在世，史上最強的棋神紅藤清司郎肯定能夠擊敗將棋軟體——這麼想的人相當多。實際上，紅藤的棋藝就是如此驚人，讓人如此深信不疑。

這次的短評，我也打算以「紅藤的話，有可能勝過電腦」的趣旨來撰文。因此如果能夠，我想要得到開發者的保證。

「那麼，您的看法是什麼呢？如果紅藤和『深紅』對局，會是誰勝出？如果紅藤會贏，那會是怎麼樣的情況呢？」

我做出有些誘導式的問法。三杉尋思了一下，開口：

「身為開發者，我實在很想回答『無論如何，都會是「深紅」獲勝』。目前這個版本的『深紅』的棋藝，我有自信已經完全超越人類了。但畢竟紅藤實在超凡入聖。唔……也許紅藤能夠巧妙地擊敗『深紅』。身為紅藤迷，我也如此期待。」

開發者主動這麼說，幫了大忙。如同我的預料，三杉非常配合。

「那麼，如果紅藤會贏，那會是什麼樣的狀況呢？」

「是的。面對軟體對手，想要在中盤和終盤逆轉情勢是不可能的事，因此我認為會在棋步開闊的序盤盡可能奪得優勢，然後守住這個優勢，一路贏到最後。具體的戰型——」

不僅是軟體專家，同時也對將棋頗有造詣的三杉說明起來條理分明，幾乎可以直接轉化成稿子。

說完紅藤與「深紅」的對局模擬後，三杉說「啊，對了」，露出有些調皮的表情，從口袋裡掏出手機，擺到桌上。

「今天因爲要採訪關於紅藤的事，所以我帶了點有趣的東西過來。」

三杉說著，操作手機。手機開始播放帶著雜音的人聲。似乎是錄音。

「我從老家錄音帶挖出來的，其實我小學的時候，在廣播上和紅藤說過話。」

「廣播嗎？」

「是的。是星期天早上的節目，開放小孩子打電話進去，向名人來賓提問。這是紅藤上節目那一集，我的電話打進去了。我完全忘記我問了什麼問題，但是在老家挖到錄音帶重聽了一下，發現紅藤說了非常有意思的內容。」

『請問，要怎麼學習，將棋才會變厲害呢？』

手機傳出有些結巴的小孩子聲音。似乎是小時候的三杉。

三杉有些靦腆地聳了聳肩。

『唔……這個嘛，重要的還是洞悉力和終盤力，所以可以多多練習詰將棋

（註）。』

聲音有點高，特徵十足。確實是紅藤的聲音。偶爾摻雜著沙沙雜音，但可以清楚地聽出他在說什麼。

原來他上過這樣的節目……

爲了寫專題報導而預做功課時，我把紅藤上過的報章雜誌，以及將棋聯盟保管的電視節目錄影等等全都看過了，但並未連廣播節目都網羅到。

小時候的三杉不只問將棋，還問了紅藤喜歡的食物、職業棒球隊這些孩子氣的問題，紅藤逐一詳細回答。

後來成爲將棋軟體開發者的少年，竟以這種形式和紅藤交談過，非常有意思，感覺可以當成材料加進文章裡。

我懷著這樣的心思聆聽著，三杉開口了：

「就是下一個問題。」

小時候的三杉在手機裡問道：

『紅藤名人認爲總有一天，電腦會在將棋上打敗人類嗎？』

結果紅藤當下回答：

『當然會有這一天吧。』

『咦，可是我買的將棋遊戲軟體很弱耶。』

『就算現在很弱，往後電腦也會愈來愈強，總有一天應該會超越人類。』

『會變得比紅藤名人更厲害嗎？』

『當然，會連我都打不過。大概二十年左右，二〇一五年前後，電腦一定就會擊敗人類了。』

『咦！』

三杉操作手機，停止播放。

「不覺得很驚人嗎？我們開發者之間，都說將棋軟體完全超越職業棋士，大概就是在二〇一四到二〇一五年的時候。紅藤幾乎精準地預言了這件事。當時的紅藤實在不可能精通電腦，即使他熟悉電腦，也不可能預測到未來的重大突破。所以應該只是碰巧說中……但從紅藤的口中說出來，不覺得他是眞的預測到未來發生的事嗎？」

「嗯……是啊……」

註：詰將棋相當於象棋的連將殺局。

確實饒富興味。應該也可以成爲文章材料。可是……

浮現在我腦中的，卻是完全不同的另一件事。

「說來丟臉，我一直完全忘了這件事。可能是因爲小時候的我覺得紅藤不可能輸給電腦，所以自動把這件事從記憶裡刪除了。」

「請、請問，這集廣播節目是什麼時候播放的？」我問。

「咦？哦，是，錄音帶的標籤上寫著一九九六年七月六日。」

一九九六年七月——毬子女士說，這個月的月底，黑縞拜訪了紅藤。

只要是紅藤的報導，黑縞都會剪下來收藏，他當然也聽到這集廣播了吧。愛慕著紅藤，甚至稱他爲「將棋之神」，深爲敬仰的黑縞，聽到紅藤果斷地預測電腦會變得比自己更強，是否感到無法接受？

一般來說，這麼久以後的預測，不管是否能夠接受，應該都會聽過就算了。但既然是紅藤的發言，黑縞就無法付之一哂。所以他特地去找紅藤，質問他這件事。但紅藤沒有改變他的主張。先不論他是否眞的能預測未來，總之紅藤確信二十年後，電腦會變得比他還要強。這會不會就是紅藤所說的「無法回應他的期待」——？

我的腦中不斷地湧出想像。

不可能知道我在想什麼的三杉苦笑著繼續說：

「唔，回想起來，就在這一年，一九九六年的二月，舉行了西洋棋世界冠軍和電腦的決賽。當時六場比賽當中，人類冠軍以三勝二和一負贏得勝利，但電腦也贏了一場呢。紅藤可能知道這個結果，所以認爲在西洋棋的領域中，電腦很快就會超越人類了，那麼將棋發生相同的狀況，也是一種必然。」

我忍不住抬頭：

「請問，那是指卡斯帕洛夫和『深藍』的比賽嗎？」

「沒錯，就是那場比賽。」

九〇年代，西洋棋世界冠軍加里．卡斯帕洛夫與ＩＢＭ開發的超級電腦「深藍」對奕，這件事太有名了。原來如此，剛好是那個時期啊。

三杉接著說：

「大概一年後的九七年五月，雙方再次對奕，這次『深藍』以二勝一敗三和贏得了勝利。當時媒體大肆報導，說在西洋棋領域裡，電腦終於超越人類了。」

一九九七年五月——是事發那個月。這個巧合是怎麼回事？

我屏住了呼吸。

黑縞執著於紅藤。雖然本人聲稱是不同的感情，但那果然是愛情與身爲棋士的尊敬交織而成的複雜感情吧。

黑縞恐怕從小學第一次與紅藤對局那時候開始，在各種意義上就被紅藤這個人給魅惑了。甚至把他視爲神明崇拜。然後紅藤的將棋眞的神乎其技，被稱爲棋神亦當之無愧。

當然，黑縞應該也很清楚，紅藤其實不是神，而是人類。雖然僅有四次，但黑縞自己就曾經擊敗過紅藤。紅藤並非完美無缺。但只要落敗的次數少到足以視爲「碰巧」、「偶然」，就不妨礙他的棋神稱號。

但如果出現一個超越紅藤、接近壓倒性完美無缺的存在的話，會發生什麼事？而且那不是人類，而是電腦的話呢？紅藤將會從「將棋之神」的寶座被拉下來，淪爲「將棋最厲害的人類」。對黑縞來說，這是否就如同一場噩夢？

然而紅藤本人已經預測了這樣的未來。

致命的一擊，是西洋棋界電腦的勝利。黑縞是否因此確信了？確信紅藤的預測，絕對會有成眞的一天……

所以黑縞想要阻止這樣的未來。當時紅藤已經連續數年獨占七冠，不只是黑縞，所有的人都稱他爲「棋神」。如果在當下這一刻讓時間停止，紅藤的稱號就會化爲永恆。紅藤不會輸給電腦，永遠稱神——黑縞是不是這樣想？

黑縞是不是為了讓心愛的男人永遠成神，而做出那樣的事來？

當然，他內心一定有過糾葛。遺書中的「我不打算在弒神之後，繼續留在世上苟且偷生」，這段話應該是他的眞心，但其他大半都是假的吧。爲了掩飾眞心，他利用剛好在名人戰中敗給紅藤這件事，捏造了動機。

然後二十年後的現在，棋神成了紅藤的代名詞，而我正要寫下如果是紅藤的話，甚至能擊敗電腦的稿子——

「您怎麼了嗎？」

三杉出聲，我回過神來：

「啊，沒事……」

三杉也一樣，他自負「深紅」已經超越人類，卻說紅藤的話，就可能擊敗「深紅」。既然紅藤已不在人世，這個可能性也無從否定了。

紅藤到現在仍是棋神，將棋之神。往後應該永遠都是。如果紅藤還在世的話……或許他就必須作爲「最厲害的人類」代表，證明沒有人贏得過電腦。因爲已經死了，紅藤才能成神。

就是因爲確信會有這樣的未來，黑縞才能露出安詳的笑容死去，不是嗎？

不，這說不準。這大半都只是我的想像，恐怕也沒有方法可以證實。但這個答案讓我豁然開朗。我可以確信這絕對就是眞相。

黑縞不是弑神者，他是造神者——

冤罪推定

I

咦？怪了。

我摸索內袋，指頭卻遍尋不著紙張的觸感。

極少有機會面對群眾致詞的我，應該事先準備了寫有致詞內容的小抄才對。

我回溯記憶。我在工作室辦公桌把講稿寫在A4影印紙後，摺成四摺，接著的確放進外套內袋裡了。我記得一清二楚。

然而那張小抄不管怎麼找都找不到。難不成是放進大衣的口袋裡了？

我的斜前方，今天的主角浦川克巳正握著麥克風陳述謝辭。

「——坦白說，我依然感到相當無所適從，但起訴撤銷，還是讓人鬆了一口氣。有段時期，我已經有了心理準備，接受我再也無法像這樣和大家一起喝酒的事實。真的很感謝各位。」

浦川深深行禮，包場的義大利餐廳樓層爆出震耳欲聾的掌聲。浦川的右邊，他的母親抹著眼淚，左邊則是律師大河原搖晃著龐大的身軀，不停地「嗯嗯」點頭。

浦川慢慢數到五，才抬起低垂的頭，拿著麥克風，等待掌聲停歇後，再次開口：

「那個，我還有一件事想說。我雖然已經像這樣重獲自由了，但案子本身尚未偵破。我希望眞凶可以早日落網。」

掌聲再次響起，音量比剛才小了一些。

「那麼，我們請擔任『支援會』會長的長澤先生來爲我們致詞，帶領大家乾杯。」

在擔任主持人的律師事務所人員安排下，浦川手中的麥克風遞到我這裡來。

雖然找不到小抄，不過無所謂。乾杯致詞罷了，也沒人期待什麼篤論高言。重要的是心意。

我接下麥克風，把想到的話直接說出口：

「大家好，感謝各位參加今天的慶祝會。呃，我平常畫的少年漫畫，總是主角克服各種苦難，最後正義必勝，但這次的事，證明了不只在故事當中，現實世界裡，最後一樣是正義必勝，讓我萬分欣喜——」

致詞比想像中更要流暢。

「——大河原律師，以及加入『支援會』的各位，還有正式洗刷冤屈的浦川，今天讓我們共同分享這份喜悅吧！大家乾杯！」

場內響起「乾杯！」的歡呼聲。

各處傳來碰杯的清脆聲響，彷彿突來的浪濤一般。

我也伸手和浦川碰杯。

「恭喜！」

我說，浦川露出有些困窘的笑容點點頭。

*

自從在大學的漫畫研究社認識以來，我和浦川已經是二十年的老交情了。在我們那一屆，只有我和他在畢業後仍然繼續畫漫畫，成了職業漫畫家。

由於畫的類別完全不同，我們並非競爭關係，而是同為與漫畫這種表現方式格鬥的戰友。每年幾次，不一定誰邀誰，我們會一起去吃飯喝酒，報告近況，有時也會說說對彼此作品的感想，或是爭論彼此的漫畫觀點。

大學畢業兩年後，我得到少年漫畫雜誌的新人獎出道，後來一直創作所謂的「王道」少年漫畫。目前已經出版了超過四十冊的單行本，代表作也改編成動畫。我的筆名「NAGASAWA TAKUTO」，應該就連不怎麼愛看漫畫的人都知道。

相對地，浦川從二十多歲就一直創作個人誌，以這種形式持續活動。年過三十以後，也開始供稿給商業雜誌，但市面上可以買到的單行本，還只有三本而已。他的筆名「宇蘭」，應該一般人都沒聽過。

如果單純比較身為漫畫家的知名度和單行本的銷售量，我更勝一籌。但這只是剛好我追求主流，一直在讀者絕對數量更多的雜誌畫漫畫的關係，並不代表我和浦川身為漫畫家的優劣。反倒是我從來不認為身為漫畫家，自己比浦川更優秀。

浦川的漫畫不是那種會受到普羅大眾喜愛的類型，卻能緊緊攫住讀者的靈魂，有種讓人瘋狂的氣魄。相較之下，我畫的東西，就只是「單純的娛樂」而已。當然，我也是抱著專業人士的自尊在畫「單純的娛樂」，因此覺得這樣就好了。但恢復一般讀者身分時，我能打從心底讚嘆「太厲害了！」的作品，還是浦川的漫畫。

簡而言之，我是浦川的粉絲。雖然人數不多，但是在小眾類別活躍的浦川有一批狂熱粉絲，而我算是頭號粉絲。

然而今年六月，浦川蒙上了殺人嫌疑，遭到警方逮捕了。

我確信他一定是清白的，到處找朋友熟人幫忙，組織了「爲浦川克巳洗刷清白支援會」，開始從外界支援浦川。

我們的努力有了回報——其實有一半是警方自爆——浦川在千鈞一髮之際洗刷嫌疑，無罪釋放。

因此才會有了這樣一場慶祝活動。

＊

乾杯之後大概過了一小時左右。

我因爲想抽一根，走到店外的吸菸區。冰冷的空氣舒緩了被暖氣和酒精醺得熱呼呼的身體。夜空看不到星星和月亮，薄雲反射著街燈，呈現模糊的灰色。

我叼了根不知何時從「MILD SEVEN」改名爲「MEVIUS」的香菸。

這時店門打開，一具龐大身軀冒出來。是律師大河原。他好像也是出來抽菸的。

「辛苦了。」「你才是。」「眞是太好了呢。」「是啊，眞的太好了。」我們交換了一陣這類無傷大雅的感想，大河原發問：

「這麼說來，聽說長澤老師也因爲不白之冤，正在困擾？」

「唔，嗯……這件事律師是聽誰說的？」

「啊，抱歉，我剛才聽鈴木先生提起的。」

鈴木是我連載漫畫的雜誌編輯。他也響應我的呼籲，加入了「支援會」。

「他也眞是個大嘴巴。」

「請別生他的氣。鈴木先生很擔心老師，才會跟我說……」

「嗯，我明白。我也覺得可能需要想想辦法。」

「漫畫業界好像也會有奇怪的人呢。」

「倒不如說，這個業界全是怪人。尤其很多那種死心眼的人呢。」我苦笑附和。

「這樣啊。果然是因爲這份工作需要想像力嗎？」

「啊，有這個可能喔。」

我自己對照世人的一般尺度來看，應該也是個怪人，也是個相當死心眼的人。如果不是這樣，根本不可能在畢業後不去找工作，想要靠畫漫畫餬口吧。

大河原「嗯嗯」點著和身體一樣碩大的臉說：

「唔，要是這種個性能往好的方向發揮就好了，但惡質的相信實在很教人頭痛呢。」

「就是啊。」

這半年來，不停地打電話到我的工作室的堀內沙羅，應該就是被這種「惡質的相信」所支配。

堀內沙羅在距今兩年前，曾經擔任我的助手。

這年頭的商業漫畫，背景描繪等等變得非常講究且細緻，如果全靠漫畫家一個人畫，實在不可能負荷得了連載工作。像我這種在少年漫畫週刊連載的漫畫家，至少需要僱用三名助手協助作畫。如果是畫風細緻的人，僱用十人以上的情形也不罕見。

助手當中，也有些人在畫力方面，擁有比一般漫畫家更高超的技術，稱爲「職業助手」，專門以此爲業。但是在少年漫畫業界，助手通常都是由立志成爲漫畫家的人擔任，打工兼修行。

這些未來的漫畫家由於另有志業，不會待上太久。不是贏得出道機會，展翅離巢，就是放棄漫畫，另謀其他職業，長的會待上幾年，短的幾個月就會離開。

在我的工作室，隨時都會僱用五名左右的助手，但職業助手只有組長一人，其他成員則是頻繁變動。不過我因爲要求嚴格，也會罵人，所以不少人都是受不了我的個性，辭職離去。

堀內沙羅也是像這樣離開的助手之一——應該。

之所以不敢斷定，是因爲我對她實在沒什麼印象。

事情發生在六月，浦川被警方逮捕稍早前。深夜我一個人在工作，突然接到電話，對方說「老師，好久不見，我是堀內」，我完全不知道這個人是誰。

「請問是哪位堀內？」

我問，她用一種既像生氣又像傻眼的聲音，陸續說出她在這裡幫忙的時期，還有當時發生的事。

「老師不記得了嗎？太無情了……我是堀內沙羅，幫忙老師的《超血》一二五話到一三九話，剛進來的時候，老師還吼我：『連遠近法都不會嗎！』——」

聽著她的描述，我隱約回想起來：啊，對了，是那個女生。

記得她是主動應徵刊登在雜誌上的助手招募廣告……年紀大概二十五嗎？長得相當漂亮，我覺得有這樣一個美眉在，可以提振其他年輕男助手的士氣，所以錄取了她。然而最重要的作畫技術卻是一塌糊塗，結果她做了三個月左右就辭職了。

「啊，對對對，抱歉啊，是堀內啊。好久不見了，怎麼會打電話來？」我問，結果她說出了驚人之語：

「我想要老師負責。」

「負責？」

「老師，只有我們兩個在工作室的時候，老師把我那個……霸王硬上弓了，對吧？」

「嗄？」

她指控我強暴了她。

當然，我根本沒做過那種事。

因爲排班的關係，或許是有兩個人在工作室獨處的時候。或許我也曾經口氣嚴厲地責罵過她在工作上犯的錯。可是我應該連根汗毛都沒有碰過她。

徹頭徹尾，都是她胡謅捏造的。

然而她卻連珠炮似地說：「老師眞的做了！你要負責！」

也不是說懷孕了還是怎麼樣（根本沒做過，當然不可能懷孕），她只是不停地強調「負責」。簡而言之，是來勒索的吧。

當時我駁斥說「妳在胡說什麼？我絕對沒做過那種事。如果妳有證據，就拿出來」，但後來堀內沙羅仍以一兩週一次的頻率打電話來，反覆相同的說詞。

我抽著菸，把狀況大略告訴大河原。

「她也不是天天打電話來騷擾，都是在我差不多忘記的時候打來，但還是讓人很不舒服。」

「原來是這樣。老師知道那位小姐現在在哪裡做什麼工作嗎？」

「不，我不知道。」

我請編輯鈴木幫我調查，但堀內沙羅好像已經離開漫畫業界了。也沒有回去老家，父母也不曉得她在哪裡。

「不過，我覺得她應該還在附近，或者說還在東京……她打電話來的時候，都一定是我一個人在工作室的時候。我實在不覺得這是巧合。」

大河原的神情沉了下來：

「意思是她在監視老師？」

「是的。從她說的話，也可以看出這一點。我住家兼工作室的庭院，鋪上了我的漫畫角色造型的地磚──」

大概上上個月的時候，堀內沙羅打電話來說：「對了，老師，庭院的地磚好棒呢。」當時我聽過就算了，但仔細想想，她不可能知道這件事。因爲庭院鋪磚，是她離職以後的事。

「——而且因爲圍牆的位置，從外面是看不到庭院的地磚的。」

「唔，這表示她可能闖進土地裡面來嗎？」

「是的。起先我以爲她是爲了勒索金錢而捏造情節，可是……或許她是因爲遇到某些打擊，導致心理生病那些呢。」

「哦，這是有可能的事。即使是爲了勒索，會恐嚇別人的人，很多時候心理都已經失衡了。也有人一開始清楚是在撒謊，但說著說著，開始相信事實眞的就像自己說的那樣。主觀的事實，其實並非那麼牢不可破。人類這種動物，時時刻刻都在改寫對自己而言的事實。」

「總覺得毛骨悚然呢。」

我聳了聳肩。

改寫對自己而言的事實嗎？從小地方的記錯，到重大的相信，甚至是可稱爲洗腦的狀況，確實是有這種情形吧。

這次的浦川完全就是這樣，偵訊浦川的那名刑警一定也是……

「老師的聲譽有沒有受到影響？她沒有四處亂說嗎？」

大河原問，我微微點頭：

「目前似乎沒有。對我來說，這是最可怕的事呢。就算是毫無根據的胡說八道，只要在網路上寫什麼『我被長澤拓人強暴了』，立刻就會如火燎原。就算沒有證據，網路上還是有一堆鄉民會因爲好玩，到處轉傳這類眞假不明的傳聞。」

無罪推定——誠如這個詞所顯示的，關於違法、非法的行爲，指出有人做出這類行爲的一方負有舉證責任，除非能徹底證明，否則受指控的人應該被視爲清白，這應該是近代法律的原則。然而在這個國家，就連應該是法律守門人的警方和檢方，都會只因爲可疑，就把無辜的人民視爲罪犯對待，一般人就更不用說了。

「就算想要採取法律措施，不知道對方的住址實在很棘手呢。等到出事就太遲了，或許最好請徵信社調查一下。」

「徵信社？確實還有這一招。」

這時，鈴木從店內探頭出來：

「咦？長澤老師，大河原律師，你們在抽什麼菸啦，快點進來喝酒啊！」

鈴木好像完全喝醉了。

「好，抽完這根就去。」

剛好開始覺得寒意勝過涼意了。

我深吸一口菸，用力吐出煙霧，說出一直積在心裡頭的話：

「大河原律師，那個叫神野的刑警，也是改寫了對他來說的事實嗎？感覺他似乎眞心相信浦川就是凶手。」

大河原深深點頭：

「是啊，我也這麼想。所以他才會甚至做出**那種事**吧。換句話說，或許神野刑警看到了浦川先生一定就是凶手的『事實』。不過——」

身材高壯的律師微微垂下目光接著說：

「——事到如今，也無從確定了。」

II

接著眾人轉移陣地，前往居酒屋續攤，但也在午夜時分結束，在店門口進行拍手儀式後散會。

我和浦川還有他的母親一起搭計程車回去。母親在車上打起盹來，時不時忽然醒來，不停地說：「太好了」、「眞是太感謝大家了」。

計程車抵達浦川的住處時，母親已經完全睡著了。我也一起下車，和浦川合力把她扶到臥室，讓她躺到床上休息。

接著我們去浦川的房間，兩個人繼續喝。

「機會難得，開這瓶好了。反正你挑這支，其實是自己想喝吧？」

「是啦。」我苦笑道。

浦川在杯中斟入琥珀色的酒液。是限定生產的麥燒酎「蝴蝶夢」。是在剛才的慶祝會上，我送給浦川作爲賀禮。

「這麼想來，這是那天以後，我們第一次像這樣促膝長談呢……」

我說，浦川點點頭說「是啊」。

＊

案發的六月十日，我也跑來浦川家，兩人聊天喝酒。

下酒的話題是他登上五月發售的雜誌單篇漫畫〈萬聖節前夕〉。

浦川以往的作品，女主角多半是嬌豔的美女，但這篇〈萬聖節前夕〉，女主角不是成人而是女孩，而且不是想當然耳的美少女，而是一個又圓又肥、身邊的人都叫她「豬」的女孩。這個設定與作品情節和主題天衣無縫地契合在一起，成了一篇令人嘆爲觀止的傑作。

「原來你也能畫出這樣的女主角！」「你果然是天才！」「這篇作品的魅力，甚至讓讀者瘋狂！」我讚不絕口，浦川害臊地說：「你太誇張了啦。不過這的確是我的自信之作。」

「讀者的反應怎麼樣？」

聽說每當浦川發表作品，他的粉絲都會寫感想和鼓勵的信件到雜誌編輯部。如果我不是浦川的朋友，一定也會這麼做。

「託大家的福，編輯部收到了很多比平常更熱情的感想。聽說反應很不錯，和〈復活主日〉那時候一樣，甚至更熱烈。」

「哦，那篇作品也很精彩嘛。」

〈復活主日〉是浦川以前在同一部雜誌發表的作品，也是眾所公認他的最高傑作。

「不過，我覺得這篇〈萬聖節前夕〉超越了〈復活主日〉，稱得上是你最新的最高傑作吧。」

浦川說「或許吧」，露出內斂的笑。

這時候的浦川應該萬萬料想不到，畫出這部作品，竟會把他逼到絕境。

這天晚上，我在十一點離開浦川家。案子發生在接下來一小時後。

剛過午夜的時候，浦川家後方的河邊堤防，有名國二的女學生一個人路過那裡。女學生聽到有人從後面叫她，停下腳步，結果遭到攻擊，慘遭殺害。四周圍沒有人影，只有月亮和星星目擊了這一切。

女學生爲何會在三更半夜跑去那種地方，目前仍不清楚。

根據後來的媒體報導，遇害女學生並非不良少女，都在晚上八點前回家。這天女學生也像平常一樣，參加國中銅管社練習到六點左右，接著和朋友一起回家。晚上六點四十分左右，她和朋友在住宅區的巷子道別，只剩下一個人。朋友說這時候她也沒有任何異於平常的樣子。

然而女孩卻沒有回家。

晚上九點多，家人擔心起來，向警方求助，當地町內會的熱心人士也幫忙找人，卻未能在她還活著的時候找到她。

結果隔天拂曉時分，女孩被人發現時，已經面目全非。

死因是窒息。女孩脖子上纏繞著黃黑條紋、俗稱「老虎繩」的塑膠繩。現場的河邊丟棄著許多條這種繩索，很快就查出是以前這附近做工程時，業者把河邊當成資材放置場，忘記處理的。

女孩和朋友道別時，穿著國中制服，但發現時衣著凌亂，有遭到性侵的痕跡。應是遇害時損壞的腕錶停在零時十二分，與司法解剖的結果也不矛盾，因此警方斷定這就是行凶時間。

此外，這是一開始警方壓下來，待浦川遭到逮捕後才公開的資訊，女孩的下體被插入她所攜帶的鼓棒。

無庸置疑，曾經發生過淒慘的凌辱與殺害行爲，然而現場卻找不到半點凶手的痕跡，別說體液了，連一枚指紋、甚至是一根毛髮都沒有。截至目前，也並未找到任何凶案目擊者。是一起幾乎沒有物證的案子。

十二日一早，媒體開始報導這起案件。

我也在早上的新聞節目看到，忍不住打電話給浦川。

「新聞現在報的命案，是你家後面吧？」

「對啊，我剛才也在看。昨天一直看到警察在這附近忙進忙出的，我還在奇怪出了什麼事……」

「不會是你幹的吧？」

「不要亂講啦。」

這時我們還在悠哉地抬槓。

＊

「現在我才敢說，」我喝了一口限量生產的麥燒酎說。「其實，我從一開始就有點不妙的預感。」

「不妙的預感？」

「嗯。因爲雖然不到警方說的『酷似』，但你畫的〈萬聖節前夕〉，和命案有相似的情節不是嗎？所以我擔心，萬一警方知道畫出那篇漫畫的漫畫家就住在現場附近，可能會懷疑到你頭上。」

我的預感成眞，實際上就眞的演變成如此。

「這樣啊……」

浦川仰望斜上方，就像在思考什麼。

「怎麼了？」

「哦，想說第一次看到命案報導時，我在想什麼……」

浦川的視線不安地游移，就像在尋找什麼。

*

案發後近兩個星期過去的六月二十三日，刑警突然找上浦川的住家，要求他配合前往警局。刑警也來找我，詢問我六月十日浦川的狀況。

在這稍早之前，我剛接到堀內沙羅的第一通指控電話，而且也完全忘掉命案的事了，因此刑警突然來訪，把我嚇了一大跳。

我心想「浦川果然蒙上嫌疑了」，但另一方面也覺得「可是他不可能做出那種事」，熱切地向刑警說明浦川爲人敦厚，連隻蟲子都不敢殺，絕對不可能會殺人。

然而刑警們只是冷冷地說：「不，我們想要確定的是浦川當天的行動。你和浦川見面，但晚上十一點就離開了。你並不知道後來他去了哪裡、做了什麼吧？」

然後，兩天後的二十五日，浦川遭到逮捕了。

我聯絡浦川被逮捕時的值班律師，也是後來繼續擔任浦川辯護律師的大河原。

身材縱橫都很寬大的那名律師憤慨不已：「眞的太過分了，這是我所知道的案子裡，最惡劣的不當逮捕！」

據說會面時，浦川拚命傾訴說：「我絕對沒有殺人，請救救我！」

浦川不認識遇害女孩，兩人也沒有關聯，而且沒有目擊情報，更沒有任何物證。

浦川甚至有不在場證明。

那天晚上，我回家以後，浦川走路到離家約二十分鐘的超商，站在那裡翻看了一下雜誌。

他的身影也被監視器拍下，精確地說，可以確認浦川從十一點四十三分到十二點五分這段時間，都待在超商裡。本人主張後來他在約十二點半回到了自家。

從超商到犯罪現場，距離和回去浦川自家差不多，徒步約二十分鐘路程。照常理來想，零時五分離開超商的浦川，不可能在少女腕錶停止的零時十二分行凶犯案。

「可是，警方居然說有可能。」

大河原怒氣沖沖地說。

警方認為浦川騎了自行車。騎車全力衝刺的話，五分鐘以內就能抵達現場。因此完全趕得上零時十二分。

「確實，浦川先生有自行車，實際實驗，如果全力衝刺，確實能在五分鐘以內從超商騎到現場。物理上是可能的。可是，沒有證據證明浦川先生騎了自行車。而且警方完全沒有說明浦川爲什麼要騎自行車從超商衝到河邊、還有遇害少女這麼晚的時間在河邊做什麼。」

「那個，」我插口說。「浦川最近因爲很介意愈來愈凸的肚腩，出門都盡量用走的。超商才二十分鐘路程，他應該不會騎自行車。」

大河原用力點著龐大的臉：

「沒錯，浦川先生本人也這麼說。可是警方卻完全不採信，決定逮捕。」

「果然是因爲他畫的漫畫的關係嗎？」

「是的，警方基於偏見，先射箭再畫靶。」

筆名「宇蘭」的漫畫家，也就是浦川克巳，畫的是成人漫畫，白話一點說，就是色情漫畫。他的作風是所謂的「獵奇」和「醜怪」，極端挑選讀者，性愛場面幾乎全是強姦，充滿了大量的人體破壞和殺人這些過激的表現。雖然是一般人難以理解的類別，但浦川卻追求極致，將它昇華至描寫嗜虐與被虐的混沌藝術領域。

這樣的他在今年五月發表的傑作〈萬聖節前夕〉，有一幕和命案十分相似。

浦川顛覆了過往作品的女主角形象，畫了一個又圓又肥、綽號叫「豬」的少女，而命案死者少女的身材也是圓圓胖胖。

作品當中，「豬」在學校教室穿著制服遭人侵犯，下體被插入聖母馬利亞像，然後被人用處女頭髮紮成的繩索勒斃。這也和命案狀況相似。

住在凶案現場附近的男子畫了這樣一篇漫畫，會招來嫌疑也是可以理解的。可是也只是這樣而已，沒有其他任何證據，卻將人逮捕，顯然過頭了。就像大河原說的，完全就是不當逮捕。

警方在逮捕嫌犯後召開記者會，宣稱「嫌犯過度投入自己畫的漫畫，無法區別現實與幻想，遂而犯下凶行」，但這番荒唐的言論，才是無法區別現實與幻想。根本之處，肯定是對以創作偏激成人漫畫為業的浦川的職業歧視。

此外，警方說「漫畫情節與命案狀況過於酷似」，但細節相差太多了。就算退讓百步，當作眞的是「酷似」好了，案發前畫了什麼樣的漫畫，根本無法作為實際犯下罪行的證據。

如果漫畫這樣的創作物能當成證據，那也只有在創作物揭露了犯罪祕密的情況——亦即在案發後發表的作品中，夾帶了只有凶手才可能知曉的情報。

簡而言之，浦川只是因為「有點可疑」就被逮捕了。警方這樣的逮捕行動，實在是太草率、太武斷，完全沒有道理可言。

＊

也因爲已經喝過兩攤，我們淺斟低酌，花了一個小時才啜光一杯「蝴蝶夢」。幾乎是默默無語。偶爾想起來似地聊到命案。

「你被逮捕後，媒體的報導真的很糟糕。」

「好像呢……我一直被拘留所以不知道，不過聽說我媽也遇到很多騷擾。」

「發起民事訴訟吧。大河原先生說可以大撈一筆。媒體的報導對你造成的傷害罪證確鑿，必須要他們負起責任。」

浦川露出極爲艱難的表情，搖了搖頭：

「不，這還……」

浦川說到一半就沉默了。

還？還什麼？

原本就算被警方逮捕，也並非確定該人就是罪犯。在法庭上被判決有罪之前，都應該適用無罪推定原則。

＊

然而浦川一落網，媒體就把警察的說法照單全收，揭露浦川的姓名，把他當成變態罪犯般大肆報導。

我深刻地體會到，媒體的角色是「監督權力」這種說法，根本就是天大的謊言。

不曉得從哪裡找來的，媒體使用浦川兩眼暴睜、相貌比平常更凶惡了五成的照片，充滿偏見地介紹他畫的成人漫畫，甚至挖出和命案無關的中小學畢業作文集，斷定說「從這個時候就可以看出他異常的心理」。甚至有人主張「爲了避免再度發生這類憾事，應該要立法禁止偏激的漫畫」，從完全偏頗的角度主張限制表現的自由。

就這樣，輿論全力將浦川塑造成殺人凶手，但另一方面，律師大河原對事態發展其實相當樂觀。

大概是浦川被拘留第三天的時候，見過本人後，大河原斷定說：

「我們有十足的勝算。倒不如說，照這樣下去，浦川先生不可能被判有罪。」

我吃驚地問：

「眞的嗎？日本的刑事審判，定罪率不是超級高嗎？」

「對，一旦被起訴，進入法院審理，超過百分之九十九都會被判有罪。但這次浦川先生這樣的例子，首先就不會被起訴。因此也不會進入法院程序，也不會有罪。」

大河原說，高得異常的定罪率背後，似乎是因爲就算警方逮到嫌犯，對於沒把握定罪的案子，檢方也不會起訴，而是直接無罪釋放。

「目前找不到任何像樣的證據，可以證明是浦川先生幹的。而且他從頭到尾都否認犯行。」

我去會面的時候，浦川也堅定地說：「我絕對沒有殺人。」

「只要浦川先生堅決否認，就會在沒有任何證據的情況下等到拘留期滿。在這種狀況下，檢察官絕對不會起訴。」

原來是這樣嗎？我一陣恍然，同時也對強勢逮捕的警方，以及報導得彷彿浦川已確定有罪的媒體湧出強烈的憤怒。

大河原也說：「等到確定不起訴後，就控告媒體妨害名譽吧。當然前提是浦川先生想要這麼做的話。」

然而拘留過了一星期的時候，風向開始不對勁了。

某天我去會面，浦川一臉蒼白地說：

「其實我撒了一個謊……那天我是騎單車去超商的。」

先前浦川都說他是走路去超商，從根本否定了警方「嫌犯騎自行車衝到現場」的主張。這等於是推翻了部分說法。

浦川的這番告白讓我相當驚訝，問：

「咦？可是那麼近的距離，你不是都會走路去嗎？」

「呃、不是……那天……就忽然覺得偶爾騎個車也好，就騎車去了。」

浦川顯得躁動不安，眼神飄移不定。

怎麼回事？原來那天晚上浦川騎了自行車？因爲就快蒙上不白之冤，所以他忍不住撒了謊嗎？

總覺得難以釋然，但既然本人這麼說，應該就是這樣吧。當時我這麼想。

但如果浦川騎了自行車，就等於完全沒有不在場證明了。大河原也已經透過實驗，確定就如同警方的主張，在物理上是有可能犯罪的。當然就算是這樣，如果沒有其他證據，也不能證明就是浦川幹的。

我有些不安起來，確認地問：

「只有這個嗎？你的證詞裡面，沒有其他跟事實不符的事，或是有所隱瞞的事了吧？」

結果浦川目光飄移之後，擠出一聲「嗯」，點了點頭，就這樣垂下頭去了。然後他的頭微微顫抖，小聲地嘀咕起來。

「咦？喂，你怎麼了？浦川，你在說什麼？」

我把耳朵靠近會面室的壓克力板。浦川念經似地，不停地說著：

「我沒有殺人，不是我殺的。眞的。我沒有殺人。請饒了我吧。我沒有殺人，我沒有殺人。請放過我。我沒有殺人，眞的沒有。對不起。我沒有殺人。我眞的沒有殺人。我眞的沒有。」

他不斷地如此重複。

雞皮疙瘩爬滿了全身。

這顯然不對勁。浦川發生了某些不尋常的狀況。

很快地，大河原掌握了情報。

「浦川先生的偵訊，似乎是由神野徹平負責的。」

這個名字我也知道。以前爲了漫畫題材，蒐集警方相關資料時，我看到過這個名字。神野徹平這名資深刑警非常有名，被譽爲「平成的神探」，多次登上媒體版面。

「神野也被稱爲『問案魔鬼』對吧？」

光是命案，神野就參與了超過兩百起以上的案件偵辦，多半都扮演了重要的角色，但據說在偵訊當中，特別能發揮他無與倫比的實力。

大河原點點頭：

「沒錯。過去在缺少物證的困難案件當中，也多次都是神野逼問出嫌犯的自白，從而破案。神野的這些功勞獲得肯定，甚至獲頒警察功績獎章。然而另一方面，他這個人也負面傳聞不斷。像是他與黑道掛勾、對看不順眼的同事權勢欺壓、在被視爲行家的偵訊工作中，也有很多擦邊球的行爲——可能做出近似拷問的行爲。」

「拷問？在二十一世紀的日本，還有這種事嗎？」

我忍不住問，大河原有些自嘲地說：

「不能說沒有。其實日本的司法制度當中，嫌犯被逮捕後的待遇，也被聯合國的禁止酷刑委員會指名批評說『宛如中世紀』，非常落後。」

我完全不知道。

「真的是這樣嗎？」

「是的。在日本，可以把逮捕的嫌犯拘留在警局，這稱為『替代監獄』。」

「現在的浦川就是這樣呢，最長可以拘留二十三天是嗎？」

「是的。這段期間，警方可以任意進行非公開偵訊，多少次都行。但是在先進國家裡面，容許這麼做的就只有日本。在有像樣司法制度的國家，一般來說，嫌犯會被帶到警局以外的機關拘留，偵訊最長只限兩小時，而且是在全程錄音錄影的狀況下進行。請想想看，警局就是一個巨大的密室，把嫌犯關在裡面，等於是負責案子的警察想怎麼做，都可以為所欲為。」

「意思是沒有方法可以阻止警方的失控行為嗎？」

大河原把眉毛皺成八字形點點頭：

「完全沒錯。如果神野刑警就如同傳聞說的那樣，浦川先生極可能遭到形同拷問的殘酷偵訊。」

彷彿要證明我們的憂心，拘留過了兩星期，浦川的模樣愈來愈不對勁了。

「對、對對、對不起，其實，我、我我我還、還有，事情沒、沒沒沒、沒有說……」

會面室的壓克力隔板另一頭，短短幾天便憔悴得判若兩人的浦川，用瀕臨崩壞的語言對我訴說。

「那、那天晚上，我在雜誌看、看看超商？不對，不不不是，我在超商？看雜誌，腦、腦袋裡面，漫、漫、漫畫，對漫畫，誰的漫漫畫？我、我我我的，我的漫畫。想、想到，我自己畫的、漫漫畫，把豬弄死、把胖女生強姦殺掉的漫畫，然然後就再、再、再也待不下去。我、我不顧一切，騎車跑去河邊……」

浦川的雙眼就像兩顆玻璃珠，焦點渙散。

「喂，浦川，你怎麼了？你在說什麼？你根本沒去河邊吧？」

我拚命地問，浦川看也不看這裡，搖頭晃腦，念經似地咕噥個不停。

「我去了。我去了，對不起。對不起我沒有說，對不起。對不起我撒謊了。我去了河邊。對不起。我去了。我眞的去了。對不起……」

浦川快不行了。而且仔細一看，他的脖子有片淡淡的瘀青，形狀看起來就像被人掐了脖子。上次會面的時候沒有這種痕跡。

「浦川，警方在偵訊中對你做了什麼嗎？」

浦川一聽到「偵訊」兩個字，頓時牙齒打戰、劇烈發抖，無聲地哭了出來。

這時，我確信浦川遭到了拷問，或近似拷問的行爲。

隔天大河原去見浦川，想要問出他在偵訊中遇到了什麼事，浦川卻無法正常回答，只是不停地說「那天晚上我去河邊了」。

警局這個密室裡，正在進行某些可怕的行爲——八成是由「問案魔鬼」神野徹平所主導。然後浦川的證詞被一點一滴扭曲改變，逼到只差一步，就要招認他根本沒犯下的罪了——我相信一定就是這樣，大河原也同意我。

但是當事人被關在密室裡，無法正常說出到底遇到了什麼事，這種狀況下，我們也無計可施。

「狀況或許很不妙。先前我認爲不會起訴，前提是浦川先生堅決否認犯案。萬一他自白的話，即使沒有其他物證，檢察官或許還是會起訴他。如此一來，就幾乎不可能避免有罪判決了。」

這麼說的大河原臉色蒼白，一開始的樂觀已不復見。

「可是，浦川那副模樣太異常了。不管怎麼看都是被逼迫自白吧？」

「我也這麼認爲。可是我們沒有方法證明。警方沒有義務公開拘留中的嫌犯狀況以及偵訊內容。替代監獄問題重重，這一點我也理解。但是沒想到眞的有刑警硬是把清白的人扭曲成有罪……」

大河原苦澀地說。

眼看就要製造出一起昭然若揭的冤案，我們卻被制度的高牆阻擋，束手無策。

然後拘留期限在即的第十八天，面對前往會面的我，浦川神清氣爽地說：

「我終於有勇氣說出眞相了。那天晚上，我在超商翻雜誌，忽然想到自己畫的漫畫，再也按捺不住了。然後我離開店裡，騎車全速衝到河邊去。因爲我覺得河邊會有什麼。結果我看到一個穿制服的女生站在河邊呆呆地看河。我不知道她怎麼會三更半夜在這種地方。對我來說，重要的是四下無人，而且有個如同漫畫裡的胖女生在那裡。我覺得她是上帝送給我的禮物，我偷偷靠近她，攻擊了她。然後我盡情地強姦她，勒住她的脖子殺了她。對不起，我因爲不想被判死刑，所以一直向大家撒謊。但我覺得還是必須好好地面對自己犯下的罪，並且贖罪。」

浦川雖然面容憔悴，氣色很差，但口齒清晰，已經看不出精神崩壞的樣子了。浦川完全認罪了。

兩天後，在拘留期限的前一刻，浦川被起訴了。

＊

不知不覺間，老早就過了午夜，來到比起夜晚，更接近清晨的時間了。

「老實說，被起訴的時候，我已經絕望了。我說，你自白的時候，眞的相信是自己幹的嗎？」

我問，浦川默默地點頭。

「這樣啊，那與其說是偵訊，更接近拷問——不，洗腦呢。」

「那是……洗腦嗎……？」

浦川注視著半空中，類似虛空的地方，輕聲地問，就好像要把問句擱上去一般。

我忍不住反問：「咦？」浦川再次問：「我是被洗腦了嗎？」浦川的臉上寫滿了不安。

我不知道他在擔心什麼，用力點頭說：

「是啊。雖然我不清楚洗腦的嚴密定義，但你被逼著相信自己做了根本沒做過的事，所以應該可以說是被洗腦了吧？」

沒錯，就如同我和大河原推測的，浦川的自白是被「問案魔鬼」神野徹平無中生有製造出來的。

*

不是說一旦被起訴，就會立刻進入審判。大河原一次又一次去見浦川，設法問出偵訊發生了什麼事。

然而浦川甚至感謝說「神野刑警給了我面對罪行的勇氣」，不曾控訴偵訊有問題，更完全沒有要轉爲否認犯案的樣子。

「我站在代理人的立場，既然當事人都那樣說了，我無法替他主張無罪。只能承認犯行，強調已經深切悔過反省，朝請求減刑的方向努力。」

酷熱的夏季結束，暴風雨的秋季過去，審判日期具體決定時，大河原終於也做出接近認輸的發言了。

就在這時候，出現了對我們來說起死回生的一擊——雖然對警方，尤其是對神野來說，是致命的一擊。

是來自警方相關人士的內部告發。

十月三十一日夜晚，某個影音網站上，被分段上傳了完整記錄了神野對浦川偵訊過程的影片檔案。總共長達數十小時的這部影片所呈現的，實在不是能稱爲「偵訊」的行爲。

神野完全沒有要聆聽浦川說法的樣子。說話的反而是神野。他單方面地陳述自己推理的「事實」，向浦川確認：「對吧？」

「聽著，浦川，那天晚上，你在超商翻雜誌，突然想到自己畫的漫畫，再也按捺不住了，對吧？然後你離開店裡，騎車全速衝到河邊去，對吧？你去河邊是因爲……對，因爲你覺得只要去到河邊，就會有什麼，對吧？結果你看到河邊有個穿制服的女生。那個女生呆呆地站在河邊看河，對吧？至於她怎麼會三更半夜在這種地方，對你來說不重要。對你來說，重要的是四下無人，而且有個跟你的漫畫很像的胖女生在那裡，對吧？你覺得她是上帝送給你的禮物，對吧？你偷偷靠近她，攻擊了她，對吧？然後你盡情地強姦她，勒住她的脖子殺了她，對吧？」

這完全就是浦川的自白內容。

如果浦川否定說「不是」，神野就會大發雷霆，厲聲大吼：「少騙了，你這個卑鄙無恥的東西！」「我都知道是你幹的了！」「你只要點頭就對了！」

接著他說「這次你要給我老實回答」，再次重複相同的說詞，確認：「對吧？」就這樣無休無止地反覆。

即使遇到只能說是荒謬絕倫的這種對待，浦川似乎仍努力堅決否認犯案。對於浦川的否認，神野不堪入耳地辱罵：「你這個變態」、「人渣」、「殺人凶手」，甚至說出讓人不敢相信出自警察口中的恫嚇：「你要是不承認，我就去宰了你媽。」

即使如此，浦川仍設法頂住壓力，結果神野終於訴諸暴力，說「讓你嘗嘗被你殺掉的女生的感受」，對他的肚腹和下肢拳打腳踢，掐他的脖子，甚至脫光他的衣物，讓他赤身裸體地四肢跪地，用原子筆插他的肛門。簡直就像戰爭時期惡名昭彰的特別高等警察。然後神野一次又一次重述「事實」，要求同意：「對吧？」

不是「殘酷」兩個字可以形容的。

起初還保持堅毅的浦川也一下子變得憔悴，哭著懇求：「求求你，我真的沒有殺人，請相信我」，很快地，他就像壞掉了一樣，應答的反應開始失常。到了最後，就彷彿附身魔物被驅逐了一般，一臉清爽，全面認罪說：「人是我殺的。一切都跟刑警先生說的一樣。」

我終於得知了在會面室窺見一隅的眞相全貌。

神野的凶暴殘酷，連地獄的魔鬼相形之下都像是佛陀，然而浦川一自白，神野便感動流淚說：

「浦川，你終於鼓起勇氣，說出事實了，太好了。你是殺害無辜女學生的畜牲，可是你能像這樣承認一切，決心回歸人類的道路，眞的値得讚賞。我做刑警這一行，非常清楚比起人走在人的道路上，畜牲要走在人的道路上，更要艱難太多了。即使你認罪，死者家屬和世人也不會原諒你。你做了無可挽回的事，犯下了天誅地滅的惡行。可是即使全世界都憎恨你、唾罵你，我也尊敬你。」

在狹小的偵訊室裡，浦川不停地說「謝謝刑警先生」、神野不停地說「幹得好」，然後兩人相對號哭。

如果只看這部分，這一幕或許甚至可說是感人至深，卻比前面的恫喝及拷問更教人不寒而慄。

浦川在密室裡被洗腦了。他被強迫灌輸了神野想要的「事實」。

這就是破解了許多棘手案子的「問案魔鬼」的眞面目。

以任何人都可以自由觀看形式公開的影片，一眨眼就被瘋轉，警方就像捅了馬蜂窩一般，陣腳大亂。

過去神野在檯面下雖然有不少惡評，在第一線卻被奉若神明，沒有人敢頂撞他，而且他又是獲頒獎章的英雄，警察組織整體都承受到必須保護神野的強大壓力。然而這次的事，讓這一切一口氣崩壞，陸續出現揭發他過往惡行的告發。

這段影片上傳一星期後，警視廳召開道歉記者會，當場宣布對神野徹平做出懲戒免職處分，並要他歸還警察功績獎章。

警方同時保證會全面重新調查神野過去參與偵辦的案子，驗證是否有冤案的可能性。這些調查才剛展開而已，但其中也有些案子已經判處死刑定讞，並且已經執行。冤獄所導致的死刑執行，將來或許會發展成對保留死刑的國家來說最糟糕的司法醜聞。

至於當事人神野自己，在這場記者會的隔天，在自家客廳自殺了。而且是在無人協助砍頭的情況下，用菜刀切腹這種慘絕人寰的死法。一旦被逼到絕路，就採取這種極端的方法清算一切，這讓我覺得似乎見識到了神野徹平這個人的瘋狂。

就像大河原說的，事到如今，已經無從得知神野在想什麼了。

但我認爲，神野這名刑警，在外國指出「宛如中世紀」的日本司法制度裡，依然是一名「優秀」的刑警吧。

神野極大化地利用替代監獄的密室性，逼迫嫌犯自白。只要能做到這一點，說得極端一點，嫌犯是什麼人都無所謂。既然如此，與其積極偵查，綿密地累積證據，只要偵查中出現「可疑人物」，不管三七二十一，先把人抓起來逼迫自白，更要省事多了。「可疑人物」就是凶手的機率應該也不小，即使不是，只要能讓嫌犯自白，他就是凶手。

浦川被逮捕的時候，我覺得這是極爲草率、武斷的不當逮捕。但是對神野來說，這應該是最有效率的破案手段吧？

若是如此，爲神野的優秀背書的，就是讓「可疑人物」相信自己就是凶手的力量，亦即改寫對自己而言的事實的力量。

我不知道警方高層對實際狀況掌握了多少。我不認爲、也不想認爲所有的警察都像神野那樣。但只要這個國家仍處在替代監獄這種制度存續的「中世紀」，就無法阻止第二、第三個神野出現吧。除非像這次這樣，出現例外的內部告發。

總之，這下風向徹底改變了。抨擊檢警的聲浪不斷，大河原的辦公室則是收到大量支持。媒體也完全換了副臉孔，開始擁護浦川。

檢方承認浦川的自白完全不具證據能力，雖然是極端例外的處置，但是在審判前夕撤銷了起訴。

遭到逮捕一事，對浦川造成的傷害絕對不小。但總算是在千鈞一髮之際，避免了因爲不曾犯下的殺人罪受審並判刑的最糟糕結果。

據偵查相關人士向大河原透露的內幕，上傳那些影片檔案的，似乎是參與這次偵查的刑警。

但這名刑警並非對神野抱有強烈的恨意，而且個性也是典型的息事寧人主義，卻突然做出這種驚人之舉，周圍的人都非常意外。

據說本人只說「是正義感驅使我這麼做」。每個人都認爲他一定有什麼更強烈的動機，但既然本人不說，也無從得知，警方似乎也不願意再去打草驚蛇。

＊

浦川略低著頭，啜飲著琥珀色的麥燒酎。

對話中斷的空檔，我隨手拿起堆在房間角落的一本雜誌。

是兩年前出版的雜誌，翻開目次，上面有〈復活主日〉。是〈萬聖節前夕〉以前的浦川的最高傑作。啊，這已經是兩年前的作品了嗎？

我翻開那一頁。

重新再讀，仍然大受震撼。

但相較之下，〈萬聖節前夕〉還是進化了許多。情節都是女主角遭到侵犯後被殺，但女主角從想當然耳的美女變成了胖女生「豬」，讓我覺得表現更加豐富了。

「你眞的很厲害。看到這篇〈復活主日〉的時候，我覺得你居然已經到達這種境界了，但〈萬聖節前夕〉更超越了它。這次雖然經歷了許多磨難，但你又可以再回來畫漫畫了。你一定要畫出超越〈萬聖節前夕〉的作品。」

浦川沒有回應，微微點頭。

慶祝會的時候也是這樣，好不容易恢復了自由身，浦川看起來卻有些悶悶不樂。本人也在致詞中提到，是還強烈地感到無所適從嗎？他可是一腳——不，兩腳都踩進了地獄裡，或許這也難怪。

我想要爲他打氣，決定說出自己想到的假說：

「我說浦川，你因爲自己畫的漫畫，蒙上嫌疑，陷入困境。不過把你救出困境的，或許也是你的漫畫喔？」

浦川抬頭：

「我的漫畫？」

「對啊。證明你清白的影片檔案上傳時間，是十月三十一日晚上——也就是『萬聖節前夕』。會不會那名吹哨者的刑警，其實是你的粉絲？」

「啊。」浦川輕呼了一聲，睜大了眼睛。

目前我沒有方法聯繫到那名刑警，因此無從確定。也許只是單純的巧合，但我認爲有十足的可能性。浦川的粉絲人數雖然稱不上多，卻都十分狂熱。即使其中一名狂熱粉絲是警察，也沒什麼好奇怪的。因爲就算是警察，也不一定就不讀成人漫畫。

浦川再次垂下目光：

「可是，眞的是這樣嗎？」

「當然沒辦法說絕對就是，但你的作品確實有這種驅動人心的強大力量。」

沒錯，這一點我非常清楚。

浦川嘆了一口氣，微微搖頭：

「我不是說這個……我眞的沒有做嗎？我眞的沒有殺那女孩嗎？」

「咦？」

我一陣錯愕。怎麼會懷疑這件事？

「你沒有殺人吧？」

我說，浦川一口氣喝光還剩下半杯的「蝴蝶夢」，加重了語氣說：

「可是**我有記憶**。我騎著自行車衝到河邊，強暴那女孩，勒住她的脖子殺死她，這些記憶歷歷在目……」

「那是你在密室的偵訊中，被神野那名刑警灌輸到腦袋裡的假記憶吧？」

沒錯，是假的。浦川自白的內容和事實有著微妙不同。女孩並不是呆呆地站在河邊，而是走在堤防上。她不是被人偷偷靠近攻擊，而是被人從後方叫住，停下腳步，然後遭到攻擊。

「我遭到拷問般的偵訊是事實，現在我腦中的記憶，也和當時刑警不斷重複的情節一模一樣。」

「既然這樣……」

「既然這樣？既然這樣，這段記憶就一定是假的嗎？」

「咦？當然……是假的吧？」

浦川這次用力搖了搖頭：

「這無從得知。就算偵訊手法真的很殘忍，也不代表刑警的推理就是錯的。我到現在還是無法否定刑警說中了事實的可能性。」

瞬間，我感到一股彷彿五臟六腑飄浮起來般的戰慄。

不，你沒有殺人。浦川，你**絕對**沒有殺人。

浦川接著說下去。他的聲音帶著奇妙的熱度：

「我已經沒有被洗腦前的記憶了。不，我連有沒有那種東西都弄不清楚了。所以我被灌輸、洗腦那些，完全都只是從狀況推測而已。」

「不是，等、等一下，慢著。」

我拚命思索該怎麼說。我覺得這是我的義務。

「對了，你一開始不是否認犯案嗎？你有原本的記憶、沒有殺人的記憶，所以才會否認嫌疑吧？」

浦川眼神空洞地第三度搖頭：

「我已經連這都弄不明白了。那名刑警一次又一次說『你是卑鄙的懦夫。你只是害怕被判死刑，所以才堅稱你沒有殺人罷了』。現在存在我腦中的記憶，完全就像刑警說的那樣。我記得，我明明眞的沒有殺人，但因爲不想被判死刑，所以堅持說我沒有殺人。當然，這或許也是被灌輸的記憶。可是，是不是眞的這樣——」

「就算是這樣也一樣！」

我聽不下去，打斷他說：

「就算是這樣，近代法律還是有推定無罪原則。沒有證據證明是你幹的。既然如此，就是罪疑唯輕。」

浦川輕嘆了一口氣：

「是啊。法律上我是清白的。這一點我明白。我很感謝你和大河原律師爲我奔走。我也不是想要變成殺人犯，只是，想不想和事實眞相，一定是不同的問題。」

「眞相……」

我重複從浦川口中冒出來的這個詞。

「沒錯，我想知道的是眞相。我眞的是被洗腦了嗎？我的記憶眞的是假的嗎？你說，我眞的沒有殺人嗎？」

浦川重複問題後，低頭不語了。

我想起浦川在謝辭補充的話：

——希望眞凶早日落網。

這是他比什麼都要眞切的願望。

我沒有答案可以回答浦川的問題。

我承受不了沉默，別開了目光。

房間窗外是一片黑暗。應該已經是首班車行駛的時間了，世界卻被塗抹成一片漆黑，猶如午夜。

這是連一絲微光都尙未射入的冬季漆黑早晨。

III

我回到工作室兼住家的時候，朝陽已經完全升起了。

我買了一戶附小庭院的中古透天厝，全面翻修，把一樓全部作爲工作室，二樓作爲住家。

鋪在庭院的地磚反射著晨光迎接我。以馬賽克組成的我的漫畫角色們在歡笑。

我的腦袋一片迷茫，彷彿塞滿了棉花。浦川所說的那些話，在其中像不祥的蟲子般不停地蠕動著。

無罪推定。浦川是清白的。這樣不就好了嗎？沒錯，這樣就好了。

總之先躺下吧。睡個一覺吧。

我穿過工作室，朝一樓深處的樓梯走去時，眼角餘光被一個白色的長方形勾住了。

啊！

我的桌上有一張影印紙。是寫下致詞內容的小抄。應該摺成四摺，收進外套內袋的那張紙，卻以沒有任何摺痕的狀態，不動如山地擺在那裡。

我停下腳步，呆了半晌，在一陣微弱的預感後，桌上的電話響了起來。

我看向時鐘。上午七點十三分。除非是截稿出了什麼問題，否則絕對不會是工作上的電話。

我被吸過去似地走近電話，拿起話筒放到耳邊。

「喂，長澤工作室。」

「是老師對吧？」

是堀內沙羅的聲音。兩年前只僱用了三個月的助手。

——說到兩年前，是浦川發表〈復活主日〉的時期。那也是一部精采的作品。

我沒有應話，她開始滔滔不絕起來：

「老師，你就好好承認，負起責任吧！老師強暴了我，還掐了我的脖子！」

「等、等一下！」

我忍不住大聲打斷她。

「我——」

沒有做這種事。再說，我**已經**不喜歡堀內沙羅這種想當然耳的美女了。

——浦川的作品太棒了。浦川的作品有驅動人心的力量。

我沒有**對**堀內沙羅做任何事。**我是這麼記得的**。

然而我卻無法說出口來。

話筒彼端突然爆出笑聲。那笑聲極爲刺耳，充滿了確信，就像在憐憫、曉諭懷疑地球是圓的、某項命題爲假，那麼它的對偶命題亦爲假這類自明之理的人。

堀內沙羅。她目前下落不明。她總是在我獨處的時候才會打電話來。她一定就在我的附近。

——浦川的作品有讓人瘋狂的力量。

她消失以後，我在庭院鋪了地磚。爲了避免萬一埋起來的東西被挖掘出來，所以用地磚封住了地面。我埋了什麼東西去了？我沒有記憶。

堀內沙羅大笑了一陣，說：

「老師眞的不記得了嗎？老師把我**也**給——」

生前遺囑

①當我的傷病在現代醫學中屬於不治之症，已被診斷爲不久於人世，我拒絕只是延後死期的延命措施。

②但是在這種情況，爲了緩和我的痛苦，請適切使用麻醉等藥物，進行充足的安寧醫療。

③當我陷入無法恢復的持續性植物狀態，請停止進行維持生命的治療。

我深切感激忠實執行以上宣言的各位人士，這些人士依據我的要求所從事的行爲，一切都由我本人負責。

——日本尊嚴死協會　尊嚴死宣言書（Living Will）

◇

我是在星期五傍晚接到這個消息的。當時我在電影研究會的社辦，一如往常，和朋友們鬼混瞎聊。

因爲也漸漸餓了，我們正在討論要不要去家庭餐廳吃飯，這時我丟在桌上的手機突然振動起來，開始演奏起達斯．維達（註）的主題曲。

「咦，松山，你的手機鈴聲是達斯・維達喔？」

旁邊的學長吐槽說，我應道「沒啦，這我媽的鈴聲」，眾人哈哈笑起來。母親也不是那麼可怕的人，我只是半出於好玩的心態設定的而已。當然母親並不知情。

我自己也苦笑著接起電話，然而母親卻說出讓人笑不出來的消息：

「你飯能的爺爺出事了，現在重傷昏迷了——」

我忍不住驚呼：「怎麼會！」周圍的人都一臉詫異，好奇出了什麼事。我用手勢傳達「失陪一下」，離開社辦，專心聆聽母親的來電。

母親說，住在埼玉縣飯能市的外祖父在溪釣的時候失足落水，被河水沖走了。在場的釣客把他救上岸，但從水中撈上來的時候已經失去了呼吸心跳，用直升機緊急送到市內的醫院。

「——妳舅媽說可能不行了……嗯，我跟妳爸要過去，千鶴妳呢？」

「啊，我要去，當然要去。反正明天假日。嗯，我搭電車過去。不用，沒關係，

註：電影《星際大戰》裡的反派角色。

我搭電車去比較快，會自己從車站叫計程車。嗯，晚點見。」

我掛斷電話回到社辦，向眾人說明狀況，爲無法一起去家庭餐廳道歉。

離開社辦大樓，跨上自行車時，我想起這臺車是爺爺送給我慶祝考上大學的禮物，是要價五萬圓的普利斯通城市自行車。我騎著它火速回到公寓，丟下上學用的包包，把換洗衣物和手機充電器塞進旅行袋，再次跨上自行車，衝到最近的江古田站。把車停在站前自行車停車場，穿過車站驗票口。要前往飯能，搭西武池袋線不用轉車就到了。進了東京的大學，開始一個人住以後，比起老家，爺爺家變得更近。我走下一號月臺，搭上剛好各站停車的小手指方向列車。江古田只有各站停車的列車，與其等前往飯能的列車，直接跳上到站的電車更快。不出所料，來到石神井公園站時，就遇到前往飯能的急行列車，我換乘那班車。

在電車上搖晃的期間，我不停在腦中祈禱：

爺爺不要死。

爺爺今年剛好滿七十歲，在母親的娘家——飯能的家裡，和經營設計事務所的兒子兒媳還有孫女（也就是我的舅舅舅媽和表姊）四個人住。

我最後一次見到爺爺，是大概兩個月前。

爺爺說要去池袋買新電腦，我陪他一起去。

爺爺長年任職於一家大貿易公司，屆齡退休後，說「以前都整天工作，往後我要盡情享受我的休閒嗜好」，每星期都會上山走走或是釣魚。他染了一頭烏黑的頭髮，姿勢也抬頭挺胸，一點都不像個老人家。不僅思路清晰，也精通電腦，一問之下才知道，他還會使用最近的雲端服務那些。老實說，我覺得不用我陪，爺爺自己也能勝任愉快。

但爺爺還是說「千鶴，謝謝妳今天陪我，託妳的福，買到了很不錯的電腦」，回程帶我去千疋屋水果專賣店請我吃百匯。

「妳搬到附近來，爺爺眞是開心。下次再跟爺爺一起約會吧。」我才剛和調皮地這麼笑道的爺爺，約好要再一起去買東西，怎麼會發生這種事……

抵達終點飯能站，我搭計程車前往醫院，被帶到加護病房隔壁的家屬等候室。臉色蒼白的舅舅和舅媽正在裡面等。他們說爺爺還在開刀，負責的醫師表示「我們會全力救治，但請家屬做好最壞的打算」。

「其實我一直很擔心爸。他人非常健朗，但畢竟年紀大了……山上、水邊這些地方，不是很危險嗎？可是爸說釣魚是他的人生意義，總是滿心期待地出門去，所以……啊，早知道會出這種事，就算強迫他，也要把他留在家裡。」

舅媽哭腫了眼睛，懊悔地這麼說。

「不要這麼自責。我也是啊。雖然擔心，卻一直覺得爸不會有問題，實在太樂觀了。不，爸不會有事的。爸那麼健康，我們要相信他的生命力。」

鼓勵舅媽的舅舅，眼中也泛著淚光。

爺爺從以前就熱愛戶外活動，記得他暑假經常帶我去露營。電腦也是，超過一半以上的用途，都是爲了管理釣魚拍的照片。聊起釣魚，爺爺眞的整個人生龍活虎，樂在其中。換成我是舅媽，一定也無法阻止爺爺上山去釣魚。

感覺得出來，舅舅和舅媽是眞心在爲爺爺擔心。但沒看到表姊早苗，令我掛意。

我順口問了一句，舅舅和舅媽的臉色沉了下來。他們說早苗和朋友出去玩，已經通知她了，但她還沒有來。「那孩子眞是，連這種時候都……」舅媽嘆氣，我也感到憤慨。

就算退讓百步，不知道爺爺出事也就罷了，但都接到通知了，不是應該放下一切立刻趕來嗎？

早苗大我三歲，今年二十二歲。我有小時候我們表姊妹感情很好的記憶。早苗運動神經很好，個性活潑，國中的時候曾在田徑跳遠項目中贏得縣大賽的冠軍。對我來說，是有些令人崇拜的對象。表姊和熱愛戶外活動的爺爺似乎也很投合，露營的時候顯得非常開心。

然而上高中以後，早苗就變了個人。她染了頭髮，化起濃妝，穿上顏色刺眼的粉紅色夾克，變成了所謂的辣妹，或者說太妹了。她開始蹺課，也聽說會和不良分子混在一起。老實說，我非常害怕她那副模樣，而且早苗也幾乎不在親戚聚會中露面，因此自然就變得疏遠了。我們已經好幾年沒有直接說過話了。

「要是早苗也像千鶴這樣懂事就好了。她本性不壞，就是遇到了挫折……」

一起去買東西的時候，爺爺說過這樣的話。

早苗變成那樣，是在高一的冬天阿基里斯腱斷裂，退出田徑社以後。

高中畢業後，她也沒有找工作，在家賦閒了一陣子，但聽說今年開始去美容專門學校上課。不過生活態度依然故我，成天夜遊的樣子。

「開始去學東西是好事，但她好像每天晚上都在外頭鬼混……從來沒有在我還醒著的時候回家過。」

爺爺非常擔心早苗。

然而爺爺都出了這種事，早苗卻沒有立刻趕來，實在太扯了。

我抵達之後約一個小時後，父母也趕到醫院了。接著再過了三十分鐘以上，早苗才總算姍姍來遲。

許久不見的早苗，頭髮染成亮金色，眼睛鑲了圈漆黑的睫毛，嘴唇搽著濃濃的粉色口紅，身上是金線刺繡的白色夾克。髮色和穿著打扮與上次看到的時候截然不同，但氣質還是一樣，一副太妹樣。而且渾身散發出酒味，臉頰泛紅。水汪汪的眼睛，一定是酒醉的關係。

一看到她露臉，舅舅立刻發飆：「妳爺爺都出事了，妳死去哪裡了！」然而早苗滿不在乎地噘嘴：「囉唆。」

「妳那什麼態度！」舅舅更凶狠地怒罵，母親勸阻：「哥，這裡是醫院。」

舅舅氣憤的心情我完全理解。但是當早苗慢條斯理地轉向我時，我忍不住別開了目光。

接下來過了一段時間，等候室響起敲門聲，穿白袍的老醫師和女護理師走了進來。

「醫生，我爸——」

舅舅忍不住站起來問，醫師回答：

「已經脫離險境了。」

狹小的房間裡，彷彿同時響起鬆了一口氣的聲音。

爺爺得救了。太好了，眞的太好了。

「只是……」醫師接著說。「很遺憾，意識並未恢復。」

「咦？這……那什麼時候會恢復？」

這次是舅媽問。

「目前還不能說什麼。」

「請問，不會一直都不醒吧？」

醫師微微搖頭：

「很遺憾，也是有這種可能性。」

舅媽輕聲倒抽了一口氣。

「我們這裡也還無法做出判斷。我想就先觀察一個晚上，再進行一些檢查，然後再和社工一起，討論往後的治療方向。所以希望家屬能夠在明天下午再過來一趟，可以嗎？」

「我們是沒問題……」舅舅望向我的父母。

「我們也沒問題。我們本來就準備要在這裡過夜。」父親說。「我也是。」我也點點頭。早苗一語不發，一直撇著臉。

父母下榻站前的商業旅館，院方說醫院的家屬過夜室有一間空房，我決定在那裡休息。

一個人獨處後，我才發現自己餓了。這麼說來，還沒有吃晚飯。醫院的商店已經打烊了，不過聽說附近有超商，所以我去買了CalorieMate餅乾和蔬果汁回來果腹。因爲很晚了，我擔心熱量攝取而挑選了這個組合，但這類食物在醫院裡吃，更顯得味如嚼蠟。我覺得真是挑錯了。

然後我借了淋浴間。醫院的淋浴間很乾淨，但有種特殊的刺鼻氣味。

即將午夜的時候，我上床休息。可能是因爲換了枕頭，遲遲無法入睡。

醫師說爺爺可能不會恢復意識。也就是會變成所謂的「植物人」嗎？

那麼，爺爺一定……

我回想起最後一次見面時，爺爺說的話。

隔天下午兩點，我們家屬再次來到家屬等候室集合。

雖然臭著一張臉，但早苗也在。

除了昨天的醫師和護理師以外，還有另一位年輕的女護理師，和戴眼鏡穿西裝的男士同席。聽說是這家醫院的社工。

首先，醫師說明觀察和檢查之後的診斷。內容和昨晚我所預想的一樣：

「——雄三先生現在陷入重度昏迷，無法檢測出意識。從電腦斷層掃描結果來看，可以看出大腦受到大範圍的損害。這應該是由於呼吸停止，大腦缺氧了一段時間所致。不過，大腦功能並非完全停止了。雄三先生有瞳孔反射等反應，而且雖然非常輕微，但也有自主呼吸。這表示維持生命所必要的腦幹等中樞神經，大部分都完好無缺，沒有受損。此外，心臟等內臟也沒有大問題，脈搏、血壓都很穩定。往後病況應該是不會急轉直下。只是說到意識是否會恢復……一般來說，當大腦因缺氧而受到損害，恢復意識的例子極爲罕見。我無法百分之百斷定，但是從我的經驗來看，我認爲就這樣變成植物人的可能性非常高。」

眾人應該都有了某程度的預期，或者說心理準備了。沒有人表現出慌亂的樣子。

「請問，就算是這樣，我爸還是活著吧？」

舅舅尋求希望似地問。

「是的。醫學上，雄三先生現在確實活著。但是就像我剛才說的，自主呼吸非常微弱，其實光靠他自己的力量，並無法維持生命。因此我們用了呼吸器輔助呼吸。這是暫時性的處置，如果往後也必須繼續使用呼吸器，就必須切開喉嚨的氣管，連上呼吸器。因此我希望家屬討論一下，是否希望院方進行這樣的處置。」

「如果不這麼做，我爸就會死嗎？」

「是的。不過如果沒有復原的希望，也有許多人希望能選擇尊嚴死。」

「尊嚴死……」

舅舅的目光困惑地游移。

這時，社工接續醫師開口說：

「這由我來說明。尊嚴死就是在生命的末期，不採取延命措施，而是盡量緩和痛苦，讓病人保持身爲人的尊嚴，安詳地步上臨終。」

「也就是安樂死嗎？」

「不，這是詞彙的定義問題……在日本，『安樂死』是指注射肌肉鬆弛劑等等，積極提前病患的死期。但這有可能相當於殺人行爲，過去也有發展成刑事案件的例子。當然，我們醫院沒有提供這類處置。相對地，『尊嚴死』則是不刻意延長生命，只進行緩和痛苦的措施，並非積極提前死期的做法。」

「這樣啊……」

「尊嚴死目前也沒有法律方面的正式規定，但厚生勞動省制定了『末期醫療決定程序指引』。本院尊重病患的自主決定權，在遵循這份指引的前提下，請病患選擇是要延命，還是迎接尊嚴死。」

社工說到這裡暫時打住，調了調眼鏡接著說：

「這種情況，最優先的是病患本人的意願。但雄三先生陷入昏迷，無法直接詢問他的意願。因此首先我們想要確定的是，家屬有沒有辦法推測出雄三先生的意願。比方說，家屬知道本人是否簽署過生前遺囑之類的文件嗎？」

「生前遺囑？」

聽到這個陌生的詞彙，舅舅反問。

「是的，英文是『Living Will』，就是預先以書面寫下遇到萬一狀況的時候，是否希望選擇尊嚴死。這算是一種遺囑。只要有這類文件證明，我們就可以尊重上面的內容，來決定治療方向。」

原來如此，所以才叫Living Will——生前的意願嗎？社工環顧眾人後問：

「最近也有像器捐卡那樣可以隨身攜帶的生前遺囑卡，但雄三先生似乎沒有……家屬知道嗎？」

我們默默地對望。很快地舅舅說：

「我不知道。我爸應該沒有留下那種東西，對吧？」

被舅舅詢問，舅媽也點點頭說「嗯」。

「一起住的哥哥嫂嫂都不知道的話，那應該是沒有了。」

「嗯。」我父母也搖搖頭。

「呃，那個……」

還是應該說出來比較好吧——我這麼想，輕輕舉手。

「其實，上次我跟爺爺見面的時候，剛好聊到萬一自己變成植物人的話，是不是會想要尊嚴死。」

「咦？」

「千鶴，真的嗎？」

「呃、嗯。」

「就算沒有留下書面，如果知道本人的想法的話，也可以代替生前遺囑。可以告訴我們雄三先生說了什麼嗎？」

社工催促，我開口道：

「啊，好。那是我跟爺爺一起去買東西的時候——」

那天，在千疋屋水果店吃百匯的時候，爺爺就像在尋找話題似地說：

「對了，聽說妳喜歡看電影？」

「對啊，我大學也加入電影社團。」

「這樣啊。之前啊，我的釣友推薦我一部電影，叫《點燃生命之海》（註），妳知道嗎？」

「啊，知道，是講安樂死的電影對吧？」

《點燃生命之海》是二〇〇四年上映的西班牙電影，根據眞人眞事改編。主角原

註：《點燃生命之海》（Mar adentro）爲西班牙導演亞歷杭德羅・亞梅涅巴（Alejandro Fernando Amenábar Cantos）於二〇〇四年執導的電影。

本是一名船員，在年輕時遇到意外，脖子以下完全癱瘓。此後，在家人犧牲奉獻的照顧下，過著臥床生活。這時，主角認爲與其繼續給別人造成負擔，他情願安樂死——是這樣的劇情。這部電影在全球獲得相當高的肯定，贏得了奧斯卡金像獎最佳外語片等許多獎項。在日本也引發相當大的話題，我也看過ＤＶＤ。

爺爺說他看了這部《點燃生命之海》，重新審視了自己的生死觀。

「原本我一直模糊地覺得活得愈久愈好。喏，我還不想死，也還想繼續享受釣魚之樂嘛。可是如果失去活著的意義，只能依靠別人照顧而活，實在是很痛苦呢。如果我失能臥床，也沒辦法去釣魚的話，或許也會想要一死了之吧。」

電影中，全身癱瘓的主角夢見自己在大海翱翔，那是他失去的人生意義，或是自由的象徵。對爺爺來說，那就是釣魚吧。

「更別說與其被抗癌藥物折磨得半死不活，我情願舒舒服服地離開。妳奶奶走的時候，我眞是難過極了，幾乎一蹶不振，但現在回想，她走得那麼乾脆俐落，或許是一種幸福。那就叫生龍活虎撒手去吧。」

「生龍活虎撒手去」據說是一句口號，呼籲人們要活得健健康康，死的時候不經歷痛苦，乾脆地離世。我過世的奶奶完全就是這樣，她比爺爺還要健康，從來不生病，某天卻因爲心肌梗塞，說走就走了。確實是走得很安詳。

人總有一死，能不經歷痛苦地離開，或許是最爲理想的。

「還有啊，我因爲好奇，到處查了一下資料，聽說變成植物人的人，雖然看起來像是昏迷，但有時候本人其實還有意識呢。這簡直教人毛骨悚然吶。」

原本我以爲既然都昏迷了，當然就像是睡著了一樣，連夢都不會作，本人什麼都感覺不到。但爺爺說實際上不一定是這樣的。

據說就算是對外界毫無反應的植物人，檢查腦波後，也發現大腦活動就和健康的人無異。而且奇蹟式地從植物狀態中恢復過來的病患當中，也有人作證說昏迷期間「一直都有意識」。

換句話說，這樣的人形同在身體完全無法活動、也無法和任何人交流溝通的情況下，被囚禁在肉體當中。別說毛骨悚然了，根本就是噩夢。

「就算是我，也不想在那種狀態下苟延殘喘。日本好像不允許安樂死，但至少不要勉強延續生命，讓我尊嚴死吧。」

爺爺確實是這麼說的。

「——所以，我認爲爺爺想要尊嚴死。」

「這樣啊，這是什麼時候的事？」

一邊聽一邊筆記的社工抬頭問。

「啊，我想想，是剛放暑假的時候，所以剛好是兩個月以前的事。」

「這樣啊，才最近的事而已呢。我認爲完全可以取代生前遺囑。雄三先生希望尊嚴死——」

「呃，請等一下！」

舅媽突然大聲打斷，站了起來。眾人都看向她。舅媽突然回神似地慌了起來：

「啊，不好意思突然打斷……」

「怎麼了嗎？」

「啊，是的，聽到電影的事，我突然想起來了。」

舅媽有些靦腆地重新坐回椅子，說了起來：

「其實，是上個星期的事而已，爸在客廳看電影。呃，是叫什麼潛水、蝴蝶的……」

我立刻想到了。大概是我告訴爺爺的電影。

「難道是《潛水鐘與蝴蝶》（註）嗎？」

「對，就是那個。」

是爺爺提到《點燃生命之海》時，我想到而推薦給他的片子。當時爺爺顯得很感興趣，說「那我去找來看看好了」，看來他眞的看了。

二〇〇七年上映的法國電影《潛水鐘與蝴蝶》也和《點燃生命之海》一樣，是根據眞人眞事改編的電影，主角一樣因爲意外事故而癱瘓。不僅如此，他的癱瘓程度更嚴重，《潛水鐘與蝴蝶》的主角能動的只有左眼皮，甚至無法發聲，可以說相當接近植物人狀態了。但《潛水鐘與蝴蝶》的主角在這當中找到了希望。他透過用左眼皮眨動的次數來說話的方法，和身邊的人溝通，甚至出版自傳。

「爸看了那部電影，好像非常感動，說『不管變成什麼樣子，我都不想放棄希望，要努力活到最後一刻』……」

「這是上星期的事，是嗎？」社工問。

「啊，是的。」

註：《潛水鐘與蝴蝶》（Le Scaphandre et le Papillon），朱利安・許納貝（Julian Schnabel）於二〇〇七年執導的法國電影。

「那麼，這表示雄三先生可能改變了想法，想要延續生命。」

原來發生過這樣的事……

可是，現在的爺爺連眼皮都動不了。即使這樣，他還是想要活下去嗎？

「這樣的話，」這次是舅舅開口了。「不管是用什麼樣的形式，我還是希望爸可以活下去。」

可能是百感交集，說到最後都快變成哭音了。

「我也是。」舅媽同意。她一樣雙眼含淚。「就這樣跟爸道別……我實在無法接受……」

舅媽流下淚來。我重新體認到他們眞的很愛爺爺。不只是親生兒子的舅舅，連身爲媳婦的舅媽都這樣說，太令人感動了。

我也差點就要跟著掉眼淚了。

然而兩人的女兒卻當頭一盆冷水似地說：

「笑死人，都變成植物人了，活著還有什麼意義啊？趕快讓他解脫就好了嘛。」

「早苗，妳說的這是什麼話！難道爺爺就沒疼過妳嗎！」

舅舅拍桌怒罵。早苗咂了一下舌頭，臉一撇，轉向旁邊。看到她那種態度，我也一陣怒火中燒，我爸媽也皺起眉頭。虧爺爺那麼爲早苗擔心，我覺得她眞是太冷血無情了。

「方便插個嘴嗎？」

一直沉默的醫師沉聲說。眾人的目光聚集到他身上。

「我剛才也已經提過，雄三先生幾乎不可能再恢復意識了。即使決定要延命，我也希望家屬確實明白這一點。另外，雖然部分適用健保，但還是有一大筆醫療費用和病床開銷……我就坦白說了，事實上，在這樣的案例當中，有許多家屬都後悔決定採取延命措施。」

從醫師的口氣，可以一清二楚地聽出他是反對延命治療的。

「那個，醫生說幾乎不可能再恢復意識，但也不是百分之百吧？」

舅舅反駁地問。

「呃，唔……是啊。我是不敢斷定百分之百不可能……」

「那麼，我還是想要抱持希望，讓爸活下來。而且我聽了大家的說法，覺得……雖然說要優先考量病患自主決定權、爸的意願，可是說穿了，我們無從得知爸現在的意願是什麼，對吧？」

「是這樣沒錯。」社工回答。「所以若是能夠推測病患意願的情況，我們會予以尊重。」

「那個，既然這樣的話，不是也應該考慮一下**推測錯誤的可能性**嗎？」

「您的意思是……？」

「是的，也就是爸其實不希望延命治療，卻讓他活下來的情況，還有其實爸希望活下去，卻沒有爲他進行延命治療，讓他死掉的情況——也就是因爲搞錯而讓他活下來、和因爲搞錯而害他死掉，這兩種情況，我覺得前者還比較像話一點……」

「唔……」

醫師發出低吟聲。

我覺得有道理。舅舅的質疑天經地義。旁人不可能百分之百知道昏迷的人的意願是什麼。我確實聽到爺爺說「想要尊嚴死」，但舅媽說她聽到爺爺說「不想放棄，要活到最後」。結果爺爺到底是怎麼想的，沒有人知道。既然如此，或許不應該選擇無可挽回的尊嚴死。

「原本不應該以哪一邊比較像話來決定……但這確實也是一種觀點。」

社工使眼色，醫師也點點頭：

「是啊。本人可能希望採取延命治療，而家屬也理解的話，我會努力讓雄三先生活下去。」

「拜託醫生了。錢的事我會想辦法。再怎麼說，他都是我爸啊。」

舅舅斬釘截鐵地說。

就這樣，結果爺爺接受了裝設呼吸器等等的延命治療。

◆

遠方傳來家人的聲音。

「臉色很紅潤，看上去隨時都會醒過來呢……」

是兒子茂的聲音。

「眞的。喏，綠，妳摸這裡，長出鬍子了。」

這聲音是媳婦俊子。

隱隱約約地，有種隔著厚厚一層膜被觸摸身體的幽微感覺。但感覺不出具體是哪裡被摸了。

「眞的，爸長鬍子了。」

女兒綠感動地說。

「就是啊，頭髮和指甲也會變長。爸像這樣拚命地活著呢。」

「可是哥，眞的沒問題嗎？就是，醫藥費那些……」

「別在意啦。因爲有保險，花不了那麼多錢。你們才是，不用勉強出錢啦。」

「不會，我們家眞的沒出多少，對吧？」

「嗯，而且他也是妳爸嘛。」

這聲音是綠的老公吧。

「大家都這麼關心爸……爸眞的好幸福……」

俊子帶著哭音說。

又是模糊的觸感。這是在摸哪裡？難道是在摩挲我的手嗎？

「就是啊，爸眞是幸福。」我聽到茂同意的聲音。

憤怒的烈火席捲了我的心胸。

胡說八道！幸福個屁！開什麼玩笑！

你們夫妻倆根本就沒有考慮過我的感受！

「喏，千鶴，這樣做才是對的吧？沒有選擇尊嚴死，讓妳爺爺像這樣活下來……」媳婦俊子說。

「……嗯。」

孫女千鶴微弱地應聲。

千鶴，妳明明知道我的眞心，爲什麼……

可惡！怎麼會變成這樣！

起初我完全不明白發生了什麼事。

醒來的時候，我身在一片黑暗當中。不，不是暗，是眼皮睜不開。不只是眼皮，全身沒有任何一個地方、連根指頭都動不了。不僅如此，手腳等全身都失去了感覺。連自己現在是什麼姿勢都不知道。而且呼吸好難受。就算想叫人，也甚至發不出聲音，只能勉強感受到氣味和聲音。兩邊都稱不上清晰，氣味是隱約的刺鼻味，聲音是遠方有機器在運作般的隆隆聲。還有像是說話的人聲，但聽不清楚。

腦袋漸漸地轉爲朦朧。好睏。好睏。睏死了。強烈的睡魔襲擊了我。我同時感受到連喘氣都無法的呼吸困難，以及墜入夢鄉前那種舒適愜意。一片漆黑之中，還有一種被光所籠罩的錯覺。我落入睡夢中——

然後我再次醒來。眼睛一樣睜不開，什麼都看不見。但不像剛才那樣呼吸困難了。然後雖然只有一點點，但有類似身體感覺的感受了，只是解析度糟得要命。頭部、胴體和四肢都像整個泡爛了一樣，感受模糊不清。唯一知道的，就是自己好像躺在某個地方。

我是怎麼了？我現在在哪裡？

我回溯記憶。

我本來在做什麼去了？……對了，我在釣魚。我去有馬溪谷釣虹鱒。然後我怎麼了？我像平常那樣開始釣魚……啊，對了，我腳滑了一下。我想換個點，走進河裡移動的時候。我知道水位上漲了一些，自以爲格外小心了，卻犯下初學者般的失誤。

然後我就這樣陷進河的深處，被溪水沖走了。光是回想，仍餘悸猶存。總之水冰冷極了。我吞了一堆水，後腦好像也撞到岩石什麼的……咦？然後怎麼了？

想不起來。記憶在這裡中斷了。我被溪水沖走，然後怎麼了？難不成我死了嗎？這裡是死後的世界嗎？

我豎起耳朵。不管怎麼樣，現在唯一的線索，就是隱約聽得到的這聲音。有種類不同於剛才的機械聲，還有嗶、嗶、嗶的電子音。人說話的聲音。遠遠的聽不眞切，但一直凝神聽著，似乎是漸漸熟悉了，話語的輪廓逐漸清晰起來。

太好了、還活著、手術、成功——我聽到這些詞彙。其中也摻雜著熟悉的聲音。是兒子茂和媳婦俊子。

難道這裡是醫院？

我總算發現了。沒錯，這依稀嗅聞到的刺鼻味道是消毒水。我一定是被救起來送醫了。原來我受了必須動手術的重傷嗎？但人聲說手術成功了。我獲救了。

我想呼叫似乎在身邊的家人，卻發不出聲音。

「只要意識恢復的話……」

是俊子的聲音。

喂！俊子，我回來了。我已經醒了——不管怎麼掙扎，就是發不出聲音。身體感覺依舊曖昧，沒有任何一處能夠活動。

明明醒著，卻無法傳達我醒了，令人焦急萬分。

可惡，這到底是怎麼回事？簡直就像被囚禁在身體裡面一樣。

這麼說來……我覺得最近好像才思考過，萬一自己陷入這種狀況該怎麼辦。對了，我看了《點燃生命之海》這部電影，對安樂死和臨終醫療感興趣，自己查了一下……難不成……

陌生的聲音說出了我的憂心：

「雖然以前我曾經提出悲觀的看法，但也是有從植物人狀態奇蹟式地復活的例子。既然都已經像這樣進行延命治療了，請不要放棄希望，繼續照顧下去吧。」

——植物人狀態。

這是在說誰？我嗎？

據說就算變成植物人，有時候本人還是有意識的。我就是變成那樣了嗎？對照聽到的內容，以及我現在的狀況，不可能有其他解釋了。

怎麼會這樣！

我被囚禁在自己這座牢籠裡，活在無日無夜的孤獨黑暗當中嗎？

很快地，我把家人和醫師談話的內容拼湊在一起，得知自己現在依靠呼吸器續命。原來如此，不再感到呼吸困難，是因爲這個緣故嗎？

家人似乎推測我希望延命，院方也尊重家屬的意願。

開什麼玩笑！

我從來沒有說過這種話。不僅如此，還完全相反。我甚至跟孫女千鶴說過，如果自己變成植物人，不想用這種狀態活下去，說我不想延命，想要尊嚴死。

伴隨著憤怒，「爲什麼？」的疑問在腦中打轉，但這個疑問算是很快就得到了解答。

有一次，我聽到兒子和兒媳，茂和俊子在說話：

「噯，爸眞的看了那部電影，說他不想放棄，想活到最後嗎？」

「這不重要啦。總之我們不能讓爸死掉啦。」

「說得也是。」

他們一定以爲病房裡只有他們兩人，作夢都沒想到話都被我聽見了。

對話雖然簡短，但完全足以讓我察覺眞相了。

他們捏造了事實！

所以應該知道我眞正意願的千鶴才會被哄過去。

他們提到電影，難道是千鶴告訴我，我才找來看的《潛水鐘與蝴蝶》嗎？的確，我在客廳看了那部電影。俊子似乎也一邊做家事，在旁邊跟著一起看了。那是一部令人感動的作品，讓人潸然落淚，但我根本沒說什麼「我不想放棄，想活到最後」。我反而認爲自己會像《點燃生命之海》的主角那樣，期望安樂死。

我應該也把這個想法寫在日記裡面了……對了！日記！有我用電腦寫下的日記。那份日記，就是我的生前遺囑。

茂和俊子對機器一竅不通，應該沒辦法仔細檢查電腦裡的內容。只要千鶴找到我的日記，應該就可以證明這兩個傢伙的謊言了。

這個希望掠過腦海，卻在下一秒被擊碎了：

「啊，對了，爸的電腦，我還是送去回收好了。」俊子的聲音說。

「這樣比較好。我們不懂電腦，爸應該也不希望被人隨便看到裡面的內容吧。」

「萬一找到什麼多餘的東西也不好呢。」

「是啊，這樣爸也比較開心吧。」

「就是啊。」

兩人辯解般地說著。

胡、胡扯些什麼！別開玩笑了！誰會開心！

我一點都不想像這樣什麼事都不能做、也沒辦法釣魚，在人世間苟延殘喘！

這兩個傢伙絲毫沒有爲我著想。就像他們說的，他們有理由不能讓我死掉，所以才自私地延續了我的生命！這兩個畜牲！

但是爲身處的狀況感到混亂或憤怒的時候，或許還算好的。因爲至少還可以轉移一些注意力。

我幾乎沒有日期或時間感覺，因此並不確定，但是大概幾天過去，用不了一個星期，我就完全理解自己的狀況了。也就是不管我再怎麼掙扎，都無法和外界取得聯繫。換句話說，我徹底絕望。

一旦理解到這一點，剩下的就只有這具「什麼都不能做，只是活著」的肉體牢籠。這份絕望，漸漸地連我憤怒的力氣都給剝奪殆盡了。

這裡什麼都沒有。沒有人生意義，什麼都沒有，就只有這條命。

這是地獄。如果這不叫地獄，還有什麼可以稱爲地獄？就是這樣的地獄。

一開始，家人似乎頻繁地來探望我，對我說話，問我：「今天好嗎？」說：「我相信爸總有一天會醒來。」茂和俊子大概每天都來。因爲家住得近，而且或許也有一些罪惡感。但是沒多久的工夫，這些探望也都沒了。

很快地，偶爾會來看我的，就只剩下千鶴而已。不，還有一個人。早苗這丫頭似乎也會來看我。她不會像千鶴那樣跟我說話，但聞到味道我就知道了。以前我很擔心這個孫女，但現在老實說，那都不重要了。

不管是千鶴還是早苗，任何人都好，感覺到人聲和氣息的時候，我心中的念頭就只有一個：

殺了我！誰都好，求求誰來殺了我！

◇

這天，我久違地前往爺爺住院的醫院。

自從爺爺變成植物人，已經過了兩年以上。升上大四的我，好不容易找到工作，每天都在和畢業論文格鬥。

在日照良好的準單人房裡，爺爺就和上次來訪時一樣，躺在床上。除了呼吸器以外，還有直接灌食到胃裡的胃造瘻、輔助用的營養補充點滴、導尿管等等，身上連接著許多管子。

窗邊擺著鮮花，就像在照看著這樣的爺爺。是以黃色的非洲菊爲主的一盆插花。

負責的護理師說，除了沒有意識，以及無法完全自主呼吸以外，健康狀況良好。

爺爺的氣色確實不錯，甚至似乎比以前豐腴了一些。摸摸他的手，溫溫熱熱的。

我心想：爺爺果然活著。雖然無法睜眼，也無法開口，但爺爺的身體還是拚命在活著。生命實在驚人，眞是太驚人了。

每次我來探望，總是會興起這樣的感動。

可是……

另一方面，我也感到在意。

爺爺眞的沒有意識嗎？會不會只是看起來沒有意識，其實爺爺早就已經恢復意識了？

這是以前的爺爺害怕的情況。如果爺爺眞的是這種狀態的話……

老實說，如果換成是我，絕對無法保持理智。

但這件事無從確定。我只能祈禱爺爺正安詳地睡著。然後如果能夠，有朝一日可以奇蹟式地醒過來。

忽然間，我聽到聲響與氣息，回頭一看，病房門口站著一個金髮女子。是早苗。

她的手上抱著用包裝紙包起來的鮮花。是一束顏色和窗邊的有些不同的非洲菊。

早苗笑也不笑，只瞥了我一眼，大步走了進來。她默默無語，經過床前走向窗邊，以熟悉的動作更換花瓶裡的花。

眞的是早苗。

不管什麼時候來，窗邊的花都是新的，我一直以爲是舅媽頻繁過來探望更換。但之前我問了護理師，她說舅媽和舅舅已經很少來了。那麼鮮花是誰換的？護理師說是「金髮的孫女」。

我覺得怎麼可能？但爺爺的孫輩除了我以外，就只有早苗，而且親戚裡面，會染金髮的也只有早苗而已。

「那個，早苗。」我對早苗出聲說。「原來花是妳拿來的。」

早苗只瞄了我一眼，沒有應聲。表情緊繃，看不出感情。

一段苦悶的沉默。我承受不住，再次開口：

「啊，那個，妳現在是美髮設計師了呢。我、我也找到工作了，不過只是一家小代理商……」

我聽說今年春天，早苗從專門學校畢業，開始在所澤一家髮廊上班。老實說，早苗順利考到證照，找到工作，讓我感到很意外。可能是因爲出社會的關係，穿著打扮和妝容都比以前穩重了許多，沒那麼像太妹了。那頭金髮也變得充滿時尚感。鮮花也是，早苗對爺爺是不是有什麼想法呢？

早苗沒有回應我的話，表情依然緊繃，開口說：

「妳有空嗎？我有事想跟妳說。」

我們進入醫院附近一家漢堡店，在牆邊桌位面對面坐下來。早苗也沒問我，便擅自點了兩客咖啡，我想要付錢，她也說「不用」，不肯收。

她要跟我說什麼呢？

落坐之後好一會兒，早苗只是默默地攪動著裝咖啡的紙杯，但終於把視線轉向我，開口道：

「妳以前說的那是眞的嗎？」

我一頭霧水：

「咦？呃……我說了什麼嗎？」

「雄爺說他不想延命的事。」

哦，那件事啊。雄爺就是爺爺。只有早苗會這麼叫爺爺。我覺得好久——大概有十年沒聽到這個稱呼了。

「啊，嗯，眞的啊。那個時候爺爺說，如果他變成植物人，他不想接受延命治療，想要尊嚴死。可是聽舅媽說，後來爺爺好像改變了想法……」

可是，爲什麼現在才又問這種事？

結果早苗輕聲「嘖」了一聲。

「八成是瞎掰的。」

被劈頭否定，我一陣惱火。我怯怯地反駁：

「……是、是眞的啦。我們一起去買東西的時候，爺爺眞的這麼說。」

「我不是說妳，是說我媽說的雄爺改變想法的事。」

「咦？」

「她撒了謊啦，大概。然後我爸也順水推舟。因爲萬一雄爺死掉，他們就麻煩了。」

死掉就麻煩了？

「這是什麼意思……？爺爺是他們的爸爸，所以不希望爺爺死掉嗎？」

「不是啦，是錢啦。」

「錢？」

「對，年金啦——」

早苗說，以前在大貿易公司上班的爺爺，可以領到國民年金、厚生年金以及企業年金，所謂「三層樓」全部的年金，而且企業年金的部分非常豐厚，金額高達每個月六十萬圓以上。

當然，即使變成植物人，只要人還活著，這筆錢就會一直支付下去。帳戶據說是舅舅和舅媽在管理。如果有這麼多錢，就算扣掉醫療費用，每個月還是有相當多的進帳吧。

這筆金額的數字首先讓我驚訝。大概是我即將領取的第一筆薪資的三倍之多。

「——其實我們家，以前我爸事業不順的時期，在外面借了滿多錢的，都是拿雄爺的年金在還債。所以對他們兩個來說，雄爺死了就麻煩了。」

我呆了好半晌。

那，舅舅和舅媽是爲了繼續領取年金，才會讓爺爺接受延命治療？那時候舅媽還哭成那樣——

我一時難以置信。

「呃，欸，早苗，先等一下，妳這話有證據嗎？妳說舅媽她們撒了謊？」

早苗尷尬地搖搖頭：

「雄爺在看電影的時候，在場的只有我媽，她愛怎麼說都行。」

「那……」

「可是我覺得很奇怪。因爲他們兩個看也不看雄爺的電腦裡面有什麼，就把它給丟了。」

「咦？眞的嗎？」

「對啊。如果他們讓雄爺接受延命治療，是因爲相信他會康復，就不會這麼做吧？」

確實如此。我還以爲爺爺的這類私人物品，他們當然都妥善地保管著。

「他們藉口說什麼他們不懂電腦來搪塞，但我覺得是怕被人找到多餘的東西，比方說——是叫生前遺囑嗎？找到這類雄爺拒絕延命治療的證據。」

那天，我說出爺爺希望尊嚴死的事以後，緊接著舅媽想起來似地說了否定這說法的事。如果帶著疑心去回顧，感覺也像是情急之下掰出來的情節。

「妳跟舅媽他們確認過了嗎？」

「我問過好幾次了。我媽堅持說『爺爺眞的這樣說』，我爸也說『爸的話，絕對不會放棄』，簡直就像在說給自己聽……這跟保險金殺人那些相反，是在讓人活下去不是嗎？所以或許才能說服自己這是爲了雄爺好。」

我覺得這話和舅舅說的「因爲搞錯而讓他活下來、和因爲搞錯而害他死掉，前者還比較像話一點」有相通之處。

我感覺到一股奇妙的駭懼。殺人謀財和延命謀財，哪一邊才是眞正的邪惡？

早苗再喝了一口咖啡，低著頭接著說：

「可是，我也等於是共犯……」

「共犯？」

「如果雄爺沒有延命，那時候就死了，我應該也沒辦法繼續讀專門學校了。」

那時早苗說「趕快讓他解脫就好了嘛」，被舅舅大吼「難道爺爺就沒疼過妳嗎！」而沉默下去。那段對話，或許有著和我以爲的截然不同的意義。

「退出田徑隊以後，我自暴自棄，遊手好閒，雄爺一直很擔心我。他說『什麼都好，找到妳想做的事，雄爺會支持妳的』，專門學校的學費，也是用雄爺的年金出的。」

「爺爺跟我見面的時候，他也都在擔心妳。那個……他說妳是不是晚上都在外面鬼混。」

「這樣啊。也難怪雄爺會這麼想。因爲我每天放學後都留在學校練習。雖然很多時候都接著去喝酒才回家啦。」

「那，那天妳接到聯絡，爲什麼沒有立刻趕來？」

「那是……我很害怕。一想到雄爺可能會死掉，雖然我都已經到醫院附近了，卻怕得不敢走進去。我跑去附近的超商買酒壯膽，好不容易才能走進去……」

「原來是這樣……」

是我誤會了。

爺爺的心意，早苗都知道。證據就是她讀到畢業，也找到工作了。早苗一定是因爲爺爺的關心，才能努力到這一步。

「可是我……」早苗的聲音摻雜著哭音，顫抖起來。「我卻覺得雄爺一定會支持我，所以可以依賴他的好意……」

我搖了搖頭：

「妳這樣的想法並沒有錯。用自己的年金幫妳付學費，爺爺一定是心甘情願。妳成爲美髮師，爺爺一定也很爲妳開心。」

早苗抬起頭來。雙眼紅腫，淚水滑下眼角。

「可是，妳不是聽到了嗎？雄爺說如果他變成那樣，他想要尊嚴死不是嗎？他根本不想活下來對吧？就算雄爺會支持我，但違反他的意志，硬是讓他活下來，榨取他的年金，這樣還是不對的……可是我卻……」

早苗雙手覆臉，哭了出來。我當然是第一次看到早苗像這樣哭泣。

最起碼不要進行延命治療，讓我尊嚴死——至少遭遇意外事故兩個月以前，爺爺應該是這麼想的。

我再次感到毛骨悚然。

什麼生命眞是驚人、希望爺爺安詳地熟睡，在我一廂情願地這麼想的一旁，爺爺或許正以違反他意願的方式，被強迫留在人間。

或許就如同他所害怕的，他正被囚禁在肉體的牢籠裡，痛苦不堪。

假設眞的變成這樣，爺爺也無法出聲傳達自己的想法。這會是多麼深的絕望？既然如此，乾脆……

「我說千鶴，我想幫雄爺結束生命。」

早苗吸著鼻涕說出來的話，正是我正隱約動念的內容。可是不行。

「不、不行啦！」

「可是……」

我搖頭：

「那樣會變成殺人。如果妳被關進監獄，爺爺會更傷心的。」

「那妳說該怎麼辦才好嘛！」

早苗咬住下唇，加重了語氣說。她可能快被罪惡感給擊垮了。

開始進行延命治療時，醫院的社工也說明了往後的狀況，以及停止治療的情況。他說一旦開始延命治療，就無法輕易中止。若是中止，某些情況下，負責的醫師有可能會觸犯法律。

能夠例外地停止治療的情況，就只有身體狀況惡化，醫師能夠判斷繼續延命對本人沒有好處的情況，或是發現本人的生前遺囑等等，可以推測本人並不希望延命的情況。但不管任何一種情況，都必須由家屬和醫師詳加討論之後決定。

舅舅和舅媽的舉動啓人疑竇，我也認爲早苗的說法很有說服力。爺爺應該是違反他本人的意願，被迫活在世上。只要能證明這件事，或許有辦法停止延命治療。

但是我沒有辦法。

無法直接詢問爺爺的意願。而舅媽說的話——爺爺看了電影改變想法這件事，也無法證明是謊言。完全就像早苗說的，「愛怎麼說都行」。

「嗳，妳家裡有沒有什麼證明爺爺其實不希望延命的東西？」

早苗搖搖頭：

「我找過好幾次了……」

沒錯，舅舅和舅媽甚至把爺爺的電腦給丟了。不可能還留下什麼……

「啊！」

靈光乍現，我驚呼一聲。

「怎麼了？」

「嗯，等一下。」

我從包包裡掏出手機，滑動螢幕。

雖然沒有確證這能突破困境，但我想確定一下。

我連上自動備份檔案的雲端服務網站。是一起去買電腦時，爺爺說他在使用的雲端服務。

只要能用爺爺的帳密登入這個服務，是不是就能看到被丟掉的電腦內容？

這類服務的ＩＤ都是電子信箱，爺爺的信箱我知道，問題是密碼。爺爺熟悉電腦，不可能設定可以輕易破解的密碼。可是……

我在ＩＤ欄輸入爺爺的電子信箱，密碼欄維持空白，點選底下的「忘記密碼」。結果畫面切換，出現「提示問題」。

是忘記密碼的時候提示的私人問題，可以自行設定。

毫無線索的話，不可能憑空推測出密碼，但只要有提示，或許就有辦法。

——你最心愛的寶貝是什麼？

這是爺爺設定的問題。

我依序輸入想到的東西，像是「釣竿」、「電腦」、過世的奶奶的名字，結果試到不知道第幾次的時候，成功登入了。

答案是「早苗和千鶴」。

我感動得都快哭了。早苗應該也是。

結果爺爺的備份資料裡面真的有日記，我們兩個邊讀邊哭。

遭遇意外事故的幾天前，爺爺在日記裡寫下他看了電影《潛水鐘與蝴蝶》的心得。到這裡都跟舅媽說的一樣。但是接下來就不同了。爺爺明確地寫說「我沒辦法像主角那樣堅強」。其他的日記裡面也提到「如果我有什麼三長兩短，我不想延命，想要尊嚴死」、「我不想過著毫無希望的行屍走肉生活」這類內容。

舅媽果然是情急之下撒了謊。爺爺是想要尊嚴死的。

這才是爺爺的生前遺囑。

接下來一個月後，爺爺的延命治療決定停止。

早苗帶著列印出來的日記，哭著說服了舅舅和舅媽。

「雄爺不想要像那樣活著！家裡的欠債，我會幫忙一起還，讓雄爺解脫了吧！」

舅媽反覆堅稱「我真的聽到爸那樣說了！」「爸說他不想放棄，想要活下來！」但舅舅一句「好了，爸太可憐了」，讓舅媽當場哭倒在地。

爲了錢而強迫爺爺活下去，其實讓他們都內疚不已吧。這時又出現不動如山的證據，讓他們再也無法欺騙自己了也說不定。

◆

我感覺到許多人的氣息。
茂和俊子、綠和她的丈夫，還有兩個孫女，早苗和千鶴。
家人都來了。除了家人，好像還有醫師和護士。
好久沒這麼熱鬧了，眞的好久沒有過了。大概是我剛陷入這片黑暗以後第一次吧。啊，後來到底過了多久？感覺我好像已經這樣幾十年、幾百年了……但應該並沒有多久吧。
起初被關進無法動彈的肉體當中，什麼事都不能做，就只是活著，這樣的絕望擊垮了我。每當有人來探望，我就希望那人可以殺了我……啊，就連那都讓人感到懷念不已。
我聽見窸窸窣窣的聲音。大家都在說話。在說什麼呢？我側耳聆聽。
「對不起，爸。」
是茂。語帶哭音。他爲什麼在道歉？

「對不起……！爸，眞的……眞的對不起……！」

俊子。她號啕大哭，一樣在道歉。是怎麼了？

「哥哥，嫂嫂……爸一定會原諒你們的。對吧？爸？」

綠在安慰茂和俊子？我會原諒他們？

「爸，一直以來辛苦你了。」

是綠的丈夫。辛苦了？是在對我說嗎？這是什麼意思？

「雄爺，謝謝你。因爲雄爺幫我，我成爲美髮師了。現在我在所澤的髮廊上班。」

會這麼叫我的是早苗。妳經常來看我，幫我換鮮花對吧？我都從細微的氣味和動靜發現了。這樣啊，妳順利找到工作啦，太好了。眞是太好了。拿我的錢去幫助妳，我甘之如飴。

早苗接著說：

「雄爺，眞的謝謝你。請你安息吧。」

安息？幹麼說得好像我死了一樣……咦？該不會……

接著是千鶴的聲音：

「爺爺，對不起，我終於找到爺爺的日記了。是你備份在雲端上的資料。這算是非法存取呢。可是爺爺設的提示問題，真的讓我好感動。爺爺果然是想要尊嚴死呢。你留下來的生前遺囑，我們確實收到了。」

謎團總算解開了。千鶴這丫頭找到我的日記了。然後她終於了解我希望尊嚴死了。茂和俊子也承認之前的說法是瞎掰的了嗎？所以才會像那樣拚命道歉嗎？

啊，原來如此。所以他們打算中止延命治療——

「就像爺爺以前說的，其實爺爺有意識嗎？那你一定一直都很痛苦吧。馬上就可以解脫了。」

——開什麼玩笑！

事到如今，你們才想殺了我嗎？

確實，原本我是想要尊嚴死的。我也恨死了茂和俊子。一開始我覺得這簡直就是地獄。什麼都不能做、就只能活著的這片黑暗，讓我感到徹底的絕望。漸漸地，就連憤怒的力氣都沒有了，我一心一意求死。

可是，現在不同了。

活在這片黑暗當中，不知不覺間，我被愉悅的欣快感所籠罩。

模糊的身體感覺、勉強聽得到的聲音、嗅得到的氣味，即使只有這些，我也能在其中感受到豐饒的世界了。醫院裡來來往往的人們的聲息，窗外傳來的風聲和鳥囀，偶爾來看我的早苗和千鶴，應該是擺在窗邊的花香，世界每一刻都在進行微小的變化，充滿了驚奇與發現。這一切都開始讓我覺得無比地憐愛，成了我現在的人生意義。就算身體不能動了、無法去釣魚了、沒辦法和別人溝通，我發現只是單純地存在於這裡，就能成爲人生意義。

現在的我，甚至感謝即使撒謊也要讓我活下去的茂和俊子啊！

我活著！我千眞萬確地活著！即使變成這樣，這也是我無可取代的活生生的生命！我還想要就這樣更長更久地活下去！

「那麼，我們尊重病患本人的意志，停止呼吸器。」

醫師的聲音冷冰冰地響起。

呃，喂，住手！我已經不想死了！求求你住手！

可惡！千鶴，妳爲什麼這麼多管閒事！日記上寫的東西，只是我以前的想法啊！

生前遺囑？什麼跟什麼！

只要是人，總是會有鬼迷心竅，一時想死的時候啊！就算是本人寫的東西，也不可以拿來當成根據殺人啊！

尊嚴死？死有個屁尊嚴！什麼一定很苦、可以解脫了，不要拿你們貧瘠的想像力隨便替別人做決定！

不管搬出什麼樣的理由，你們幹的事就是殺人！你們都是殺人凶手！

一道聲音響起，我忽然呼吸困難起來。

住、住手！住手！住手！住手！求求你們！住、住手……

意、意識……逐漸……模糊……

不、不是的……你們錯了……我……不想死。

可惡、住……手……我……不……想……死。

你們……這些……殺人凶手……

……………………………………………………

◇

「病人已經離開了。」

醫師用燈照亮爺爺的瞳孔確認道。

「爸的表情好安詳……」

母親語帶哭音地說。

真的。不曉得是不是心理作用，爺爺的表情看起來有點像在微笑。

——千鶴，謝謝妳，我終於可以解脫了。

就彷彿正這麼欣喜著。

溫熱的淚水滾下我的眼眶。

咖哩的女神

事情發生在一個春光明媚的星期天。

住宅區的公園裡，一名小男孩正在踢皮球玩耍。他已經大到可以獨自在外面玩了，但仍足夠童稚，踢個皮球就讓他樂此不疲，是這樣的年紀。

男孩追著皮球跑，眼角餘光忽然瞥見一樣白色的東西，掉頭朝那裡跑了過去。失去主人的皮球朝公園入口滾了過去。

男孩發現的，是一團頭部完全變白的蒲公英。

身為幼童，男孩理所當然地把變白的蒲公英從泥土裡拔起來。

接著用力朝白毛一吹：「呼！」

白毛倏地被吹散，飄浮在空中。男孩覺得好玩極了。

這時，颳起了一陣強勁的南風。

可能是氣流平衡的影響，無數的白毛當中，彷彿只有一根雀屏中選，高高舞上天際。飛得比男孩的頭、比沙坑的屋頂、比行道樹還要高。

不期然地，被風選中的那根白毛乘著這氣流，朝新天地展開了旅程。他（她？）的祖先們也是像這樣，一點一滴地擴張棲息地。

如果白毛有眼睛，他應該可以看見眼下住宅區五顏六色的屋頂。或是看見頭頂自南島渡來的燕子，展翅飛過蔚藍的天空。

隨風行旅了一段距離的白毛，不久後來到了鎮郊。接著逐漸下降，被吸入似地在一條短短的山毛欅小徑前進，降落在盡頭處一戶小房子的屋前，種植著紫色花朵的花壇中。

如果白毛有鼻子，應該會聞到混合了多種香料的那股獨特氣味。

改造古民宅而成的那戶人家玄關掛著看板，以優美的手寫字體寫著「CURRY SHOP VISHNU」。

如果白毛有耳朵，應該聽見了門鐘「鐺鎯」響起的聲響。

打開深棕色典雅木門走出屋外的，是這家店的老闆及店長，也是唯一的一名員工，高見澤櫻子。

櫻子把掛在黃銅門把上的牌子從「CLOSE」翻到「OPEN」。

美夢成眞的自己的店「毗濕奴咖哩店」，本日終於開幕了。

不過現在還不到上午十點。站前或鬧區姑且不論，但這種時間，不會有客人光顧郊區的咖哩店。

營業時間是十一點半開始，只是開幕第一天，總覺得迫不及待，所以忍不住提前超過一小時開門了。

第一號客人會是怎樣的人呢？

櫻子回到店內，檢查菜單、餐具、自助服務的香料類是否都萬無一失了。

暫時她打算一個人經營，因此座位限縮在吧檯的八個座位，裡面的備餐廚房則設得開闊一些。這樣能否將這家店經營下去，老實說，不實際營運看看不知道。

她覺得包括店前的山毛櫸小徑在內，整家店的外觀和氣氛都很不錯。但郊區這個地點，在招攬客人方面實在稱不上有利。

眞的會有客人上門嗎……？

開幕準備讓她忙翻了天，沒有太多心力花在宣傳上。只在星期天於站前分發了傳單而已。

從剛才開始，胸口就緊張得怦怦跳個不停，但究竟是幾分期待、幾分緊張，她自己也說不上來。

忽地，她看見吧檯上擺飾的花瓶。

瓶中插了一枝和外面花壇種的相同紫色花朵。這種花充滿了她和最要好的閨密回憶。

櫻子能夠像這樣開店，可以說都多虧了那位閨密。

不是裹足不前的時候，必須連閨密的份一起加油。

櫻子這麼告訴自己，同時走進後方廚房，檢查瓦斯爐上並排的四個大湯鍋。今天要賣的是最前面湯鍋裡的咖哩，剩下三鍋還在熬煮。根據櫻子徹底鑽研的食譜，咖哩必須花三天以上熬煮，因此採取四個大鍋輪流上陣的形式。

櫻子從最前面的湯鍋舀起咖哩醬，嘗了一口。

嗯，好吃。絕對沒問題！

她對味道有自信。只要維持這個水準，不怕沒客人上門……應該。

這時，門鐘「鐺鎯」響起。

來了！

想到這裡，心臟猛地跳了一下，內心的怦然期待，變成了緊張的突突跳動。

哇哇哇，怎麼辦？不，不是怎麼辦，人家是客人。得到吧檯去招呼。總、總總總之先打招呼！

櫻子從丹田發出聲音：

「番迎光臨！」

啊！吃螺絲了！

1 VISHNU SIDE

這是個春光明媚的星期天。

俗話說春眠不覺曉，正在放春假的大學生，如果沒什麼事，是不會早起的。

這天我也一早就在公寓被窩裡沉浸在惰眠的快樂中。渾渾噩噩。

叫醒我的不是鬧鐘，而是一道巨響：

咚磅喀鏘！

怎、怎麼了？

我自從來不收、被壓得又薄又扁的被褥猛地坐起身來，東張西望。知覺漸漸清醒過來，我掌握了狀況。

聲音是外面傳來的吧。啊，一定是自行車之類的倒了。

這處舊公寓「壽莊」房租低廉，只要三萬多圓，而且還附有小衛浴，但工程品質很差，牆壁薄得跟紙一樣。兩邊和正上方，還有屋外的聲響都聽得一清二楚，臨場感連五．一聲道都自嘆弗如。

我直接穿著當睡衣的休閒服，趿上拖鞋走出去查看。

結果不出所料，公寓前面停放自行車的車位，住戶的自行車呈骨牌狀傾倒了。

「哎啊，倒得還眞整齊。」

後方傳來聲音，回頭一看，是個一頭長髮紮成一束、臉上布滿鬍碴的男子。

是我隔壁戶的神林大哥。他是個三十歲的打工族，好像是搖滾樂團的貝斯手。基本上是個隨和的好人，但品行有點問題。他有時會滿不在乎地帶女生回來這個基本上毫無隱私可言的公寓住處，做出讓隔壁大學生慾火中燒無處發洩的放蕩行爲。

「是風吹倒的嗎？」

「不是風吹的，就是有人踹倒的吧。」

其他房間也魚貫走出人來。不用說，這棟公寓全是男性住戶，不是大學生就是打工族。

眾人合力扶起自行車。

「啊！」

怎麼會這樣？只有我的自行車運氣不好，輻條整個彎曲變形了。

而且在扶起自行車時，腳下踩到了軟爛的奇妙觸感。

什麼東西？

抬腳一看，地面和拖鞋之間，黏上了白灰黃綠摻雜在一起的黏稠物體。

是鳥屎。

「哎呀，淳平你也眞衰，一定是人品不好。」

神林大哥事不關己地說。

「論人品，神林大哥比我還差吧？」

我回嘴道，神林大哥也只是一笑置之：「哈哈，一點都沒錯。」

不過這也太衰了。

拖鞋洗一洗就好了，但自行車得送修才行。雖然就算斷了一根輻條，輪胎還是會轉，但繼續騎感覺很危險。

神林大哥說，離公寓不遠的鄰町，有家星期天也營業的自行車行，我決定把車牽去那裡修。

毫無繪畫天分的神林大哥畫給我的地圖就像蚯蚓在爬，但路本身很好找，我沒有迷路，就找到了那家自行車行。

頭髮花白的大叔老闆說「哦，這兩三下就能搞定」，短短五分鐘就換好了輻條，咧嘴露出白牙笑著伸手：「好了，大特價算你一千萬圓。」我也配合搞笑：「一千萬就好了喔？眞便宜。」然後付了錢。當然是一千圓。

實際上，修理費比預期中更便宜，而且一下子就修好了，幫了大忙。對我來說，自行車是寶貴的代步工具，上學購物都少不了它。

我騎著修好的自行車，決定稍微繞個遠路再回去。這一帶因爲是車站和大學的反方向，我從來沒有來過。而且天氣很好，我覺得順道在陌生的街道遛達一下也不賴。

結果我在路上的公園看見一個小男生在哭。

怎麼了呢？我停下自行車走進公園，發現似乎是皮球飛到公園的沙坑屋頂上了。

「等一下，我幫你拿。」

沙坑旁邊剛好有片鐵網，我攀爬上去，拿到了皮球。

「謝謝大哥哥！」

男孩向我行禮。

「不客氣。」

日行一善。做了好事，讓人心情愉快。

「你一個人在這裡玩嗎？爸爸跟媽媽呢？」

我隨口一問。

「我沒有爸爸，媽媽去工作。」

啊，原來是這樣……

我還沒說話，男孩便自己回答：

「可是我不寂寞！」

一定是被很多人說：「你一定很寂寞吧」、「你不寂寞嗎？」

我很能體會這孩子的心情。因爲以前的我也是這樣的。

「對啊，才不寂寞呢。」我用力撫摸男孩的頭，男孩靦腆地「嘿嘿」一笑。

和男孩道別，離開公園，踩著自行車順路悠哉前行，我朦朧地回想起過去。

——這個咖哩裡面加了祕密調味喔。沒有人知道的祕密調味。

——呵呵，淳平，你猜是什麼呢？希望有一天你會知道。

這是我所記得的母親最後說的話。

大概從我三、四歲那時候，總之我最早有記憶的時候開始，就只有我和母親兩個人相依爲命。

因爲當廚師的父親，在我剛出生不久就因爲事故而離世了。

只在照片上看過的父親，和母親一起經營一家小餐館。母親操持著父親留下來的店，把我扶養長大。

店面和住的公寓不在一處，因此母親一大早就要去店裡備料，我總是自己一個人玩耍，就像那個小男生一樣。

對這樣的我來說，每天最大的期待就是晚飯時間。

母親每天都會在傍晚左右，把店面交給員工，回家準備晚飯。

「今天是特別精心製作的大餐喔。」

母親這麼說，端出了那盤咖哩給我。那是我小學三年級的春天。

母親煮的飯總是很好吃，但那天的咖哩更是人間美味，次元完全不同。

我埋頭扒飯，不停地說著：「好好吃！」

母親看到我這麼開心，百感交集地說：

「看你這麼喜歡，媽眞是太開心了。」
她的眼角泛著淚光，接著突然哭了出來，把我嚇了一跳。
「咦？媽媽，妳怎麼了？哪裡痛嗎？」
「沒事，有東西跑進眼睛裡了。要不要再來一盤？」
當時還小的我，輕易就相信了這種老套的掩飾，用力點點頭說：「要！」
我續了兩盤，吃到肚子像漫畫那樣圓滾滾的，母親露出調皮的笑容說：
「這個咖哩裡面加了祕密調味喔。沒有人知道的祕密調味。」
「沒有人知道的祕密調味？是什麼？」
「呵呵，淳平，你猜是什麼呢？希望有一天你會知道。」
這是我最後看到的母親的笑容、最後聽到的母親的話語。
用完晚飯後，母親像平常那樣回到店裡。我自己獨自先睡，母親會在我睡覺的時候回來——這是我們家的作息模式。
然而那天晚上母親沒有回來。
母親失蹤了。
隔天早上我起床的時候，母親不在家裡，相反地，母親的表妹希美阿姨來了。

希美阿姨對我說：「淳平，你媽媽因爲一些原因，要去旅行一陣子。從今天開始，你要來跟阿姨一起住。」

然而好幾天過去了，應該去旅行的母親都沒有回來，時間就這樣以年爲單位消逝。

我終於醒悟了。

母親離開了。我被母親拋棄了。

直到我上了國中，希美阿姨才把母親離開的「原因」告訴了我。

知道了其實也沒什麼。母親欠了一屁股債，一個人跑路了。之所以負債，是因爲她被信任的員工欺騙，替人作保而揹上的。

希美阿姨也並非事前就知道，而是當天早上已經消失無蹤的母親打電話給她，說明情況，懇求她：「拜託妳照顧淳平。」

希美阿姨說她也前往店裡看過，連冰箱裡面都整理得一乾二淨，整個店只剩下空殼子。

希美阿姨最後這麼說：

「老實說，我不認爲你媽的選擇是最好的。欠債的事，也希望她在跑路前先找我商量一下。但你要明白，你媽絕對不是因爲討厭你，所以才丟下你。她這麼做，都是爲了保護你。」

這時，我才悟出那天母親哭泣的理由。她做的那頓咖哩，算起來就是餞別。

回想起來，像這樣幫忙母親的希美阿姨也是個大好人，或者說老好人。

希美阿姨把我當成親兒子一樣對待，甚至還供我上大學。對於她，我再怎麼感謝都不夠。

眼下我最重要的課題就是變成獨立自主的大人，向希美阿姨報恩。

另一方面，對於甚至生死不明的母親，我實在不知道是要恨她還是原諒她。

希美阿姨那樣說，母親在離開之前哭泣也是事實。但母親眞的是爲了保護我，才一個人離開的嗎？

把麻煩的孩子塞給表妹，一個人自由自在地展開新人生——難道她沒有這樣的念頭嗎？

我忍不住鬱悶起來。

說穿了，我就是缺乏自信。我無法相信母親眞的愛著我。

不過，如果母親還活在某處，我想要再次見到她。然後如果能夠，我想再吃一次她做的那種咖哩。

後來希美阿姨家的餐桌上也經常出現咖哩，我也吃了不少餐廳和咖哩店的咖哩，卻還沒有遇到過那麼美味的咖哩。

母親說，那種咖哩用了「沒有人知道的祕密調味」。還說「希望有一天你會知道」。

希望你知道沒有人知道的祕密——回想起來，這很像謎題。裡頭有什麼深意嗎？

我正想著這些，剛好就有一陣香料氣味鑽進了鼻腔。

我停下踩踏板的腳。

確實是咖哩的香味。

道路深處，有條山毛櫸夾道的小徑，前方有一棟小屋子。

香味似乎是從那裡飄來的。

小徑入口處，可能是被風吹倒了，一塊立式看板倒在地上。我走下自行車，扶起看板。

「毗濕奴咖哩店　前方處」。

上面以優雅的手寫字體這麼寫著。

啊，是咖哩店。

肚子突然餓了起來。這麼說來，從早上到現在都還沒有吃東西。

正在想咖哩的時候，剛好就聞到咖哩的香味，讓我覺得非吃咖哩不可。

距離午餐時間還有點早，店家或許還在準備中，但過去看看好了。

我牽著自行車進入小徑。

盡頭處的那家餐廳，是叫復古摩登風格嗎？設計保留了古意，卻又有著現代風格的時尚，搭配山毛櫸小徑盡頭這樣的地點，氣氛十足。

玄關旁邊有圍著磚頭的花壇，裡面種著紫色的花朵。可惜我不認識是什麼花，但非常漂亮。

深棕色的大門上掛著一塊招牌，以高雅的手寫字體寫著「CURRY SHOP VISHNU」。隨著距離靠近，香料的氣味也更爲濃烈了。

門把掛著「OPEN」的牌子。

好像已經在營業了。

好，就在這裡吃飯吧。今天吃咖哩當早午餐。

我打開店門。

隨著「鐺鎯」的門鐘聲，近乎嗆鼻的咖哩香撲面而來。

店內不大，一眼就可以望盡，好像只有吧檯座，但店內沒有人影。

咦？沒有人嗎？

我正自疑惑，吧檯深處的短簾內傳出緊張沙啞的聲音：

「番迎光臨！」

啊，吃螺絲了。

幾秒後，一名繫著棣棠黃大圍裙、個子嬌小的女子穿過短簾現身了。

年紀大約二十多歲。或許和我差不多。長度及肩的頭髮紮成馬尾。

「請問……您是客人……吧？」

女人用一種戒愼恐懼的態度問。

「呃……嗯，啊、對。」

我也有些驚慌地回答。

因爲眼前的女子怎麼說，很可愛，很漂亮，是那種只要是男人，看到她就會感到幸福滿點的女生。

那張小臉當中，描繪出漂亮曲線的眉毛、姣好的杏型眼睛、直挺的鼻梁、泛著淡粉紅色的柔軟臉頰、果凍般豐滿的嘴唇，一切都以絕妙的平衡安排在上面。

「哇，太好了。其實今天才剛開幕，您是第一位客人。」

女生親切地笑了。那開朗的笑容，宛如鮮花盛開。店名的毗修奴，我記得是印度女神的名字，而這個女生簡直就像個女神。

「啊，這、這樣嗎？呃，太榮幸了。」

「來，請坐請坐。」

「啊，好。」

我這才發現自己一直呆呆地站在門口。我在吧檯最裡面的椅子坐下來。吧檯上擺著菜單和玻璃小花瓶，插著一枝外面的花壇盛開的那種紫色花朵。

「請。」

女生斟了杯冷水，從吧檯裡遞過來。

「啊，謝、謝謝。」

我接下水杯。

她幾歲？叫什麼名字？

可是突然問這種問題，未免太唐突了。

我正這麼想，忽然注意到吧檯旁邊的牆上掛著營業許可證。姓名欄寫著「高見澤櫻子」。這就是她的名字嗎？

爲了確定這件事，我提問：

「請、請問，這家店只有妳一個人嗎？」

「對，因爲不曉得會有多少客人，所以我想暫時先一個人拚拚看。」

一個人單獨開店的話，申請營業許可的應該也是本人吧。這個女生果然就叫高見澤櫻子。我如此確信。

驀地，我隔著吧檯和櫻子小姐對望了。櫻子小姐大方地微笑——我大膽地擅自在心中叫她的名字「櫻子小姐」——心中一陣小鹿亂撞，慌忙別開視線，望向吧檯上的菜單。

基本上是咖哩，再選擇喜歡的配料。我點了最普通的大份豬肉咖哩。

「大份豬肉咖哩是嗎？好的。」

櫻子小姐進去裡面的短簾內了。那裡一定是廚房。

不一會兒，櫻子小姐雙手捧著大咖哩盤出來了。

「讓您久等了。請、請用。」

端出盤子的櫻子小姐手有些顫抖。

「嘿嘿，這是第一次請客人品嘗，忍不住緊張。」

她說道，露出苦笑。

這樣啊，說的也是。我是第一號客人嘛。

「那，我就用心品嘗了。」

我也有些嚴肅起來，用湯匙舀了一匙咖哩。

這應該是番紅花飯吧。黃色的米飯上淋著略爲偏紅的咖哩醬。從店名我想像是印度咖哩店，但黏稠的醬汁感，比較偏歐式或日式咖哩。

吃了一口，瞬間——

咦？

這個滋味敲開了我的記憶大門。

咦？不會吧？

我再吃了一口，這次慢慢品嘗。

錯不了，就是這個味道！

和母親做的那份咖哩一模一樣。

我呆了好半晌，盯著咖哩盤上的黃色米飯小島，以及紅褐色咖哩醬的大海。

「怎麼了？不合您的胃口嗎？」

抬頭一看，櫻子小姐正一臉憂心地看著我。

難道，她是我媽？

不不不，就算跑去整容，年紀和長相也差太多了。再怎麼樣都不可能。

「請問，您這份咖哩的食譜，是有人教您的嗎？」

我忍不住問。

櫻子小姐蹙起眉頭：

「咦？」

「啊，抱歉，因爲我吃過跟這個一模一樣的咖哩……」

「一模一樣嗎？」

櫻子小姐似乎很吃驚。

「是的。」

我爲了確定，這次只舀了醬汁放入口中。

果然，味道一模一樣。

櫻子小姐微微側頭說：

「這算是我自創的食譜……請問您是在哪裡吃到的？」

「啊，哦，就是——」

我立下決心，把母親做咖哩的那段往事告訴了櫻子小姐。

或許櫻子小姐和母親有某些關係。

我在述說的期間，櫻子小姐一直表情嚴肅地聆聽著。

「——然後，這個咖哩和那天我媽做給我的咖哩味道一模一樣。」

「原來有過這樣一段往事啊。」

櫻子小姐垂下目光，露出沉思的模樣。片刻沉默。

不久後，她倏地抬頭說道：

「那個，您認爲咖哩是哪一國的料理？」

這唐突的問題讓我吃了一驚，但我答道：

「不是印度嗎？」

所以這家店也才會以印度女神來命名吧？

「源頭確實是印度，可是其實印度並沒有咖哩這種料理喔。」

「咦？眞的嗎？」

「是的。在印度，確實日常生活都會吃我們稱爲咖哩、用各種香料熬煮的菜餚。可是如果主料是豆類的話，就叫做Dal，葉菜類的話，就叫做Saag，用優格或椰奶做成的濃稠料理，叫做Korma，就像這樣，根據不同的形態，被視爲各別不同的料理。是啊，就像我們日本人會把『味噌湯』和『清湯』當成不同的料理一樣吧。」

「這樣啊。」

原來印度沒有咖哩嗎？咦？那咖哩是哪裡來的料理？

櫻子小姐就像要回答我的疑問，接著說：

「『咖哩』這個詞的起源，有力的說法是來自於南印度坦米爾語的『加利』一詞。這個『加利』不是指特定的菜餚，而是『餐點』或『醬汁』的意思。這個詞在大航海時代傳到歐洲，變成了指稱印度風香料或醬汁的『CURRY』一詞。後來江戶末期，隨著開國，各式各樣的西洋料理傳入日本，有人發明出把印度風格的香料調味醬汁淋在日本米飯上食用的料理，開始被稱爲『咖哩飯』或『咖哩』。所以咖哩或許可以說是來自印度、經過歐洲進入日本後發明的日本料理。」

我聽了覺得很驚奇，發出「哇哇」的讚嘆聲。

完全不曉得。

可是，這件事跟我母親的咖哩有什麼關係嗎？

櫻子小姐繼續說下去：

「旅行了約地球半圈誕生的咖哩，後來有了獨自的進化，像是醬汁用麵粉勾芡，或是加入各種配料。還出現了咖哩麵包、咖哩烏龍麵等衍生料理，最近模仿發源地印度，不是配飯，而是配饢食用的情形也愈來愈普遍了。除了使用香料以外，咖哩這種料理並沒有明確的定義，就算說有多少人煮咖哩，就有多少種咖哩也不誇張。反倒說，這樣的自由度，就是咖哩的本質。」

櫻子小姐說到這裡，暫時打住。

我等待下文，然而櫻子小姐卻遲遲沒有說下去。

咦？

「呃，那，這個咖哩和我母親的咖哩味道一樣，是因爲……？」

我問，櫻子小姐「啊」了一聲，掩住嘴巴：

「對喔。我眞是的，一聊起咖哩就忘了別的事。」

我差點整個人滑倒。

這個女生是不是滿天然呆的？不過這也很迷人就是了。

「可是，我剛才說的內容，也不是完全無關喔。」

櫻子小姐可愛地輕聲清了一下喉嚨，再次開口：

「就像我剛才說的，咖哩非常自由，有多少人做，就有多少種咖哩。光是香料組合，就有無限多的版本。使用市售咖哩粉的話，另當別論，但餐廳自創的咖哩，口味剛好一樣，是絕對不可能的事。」

「不可能剛好一樣？」

「對，沒錯。」

這表示味道相同，並非偶然。

「那，您是在哪裡得到我母親的食譜嗎？」

然而櫻子小姐卻搖了搖頭：

「不，這份咖哩的食譜，是我自己一個人想出來的。我沒有參考任何食譜，也沒有人教我，或是和別人討論。」

「咦？可是，妳剛才說味道不可能剛好一樣……」

「沒錯，所以這盤咖哩的味道應該和您母親做的不同。」

「不，可是，眞的一模一樣啊！」

我有些動氣地爭辯說。

因爲這味道確實就是記憶中母親的咖哩。

櫻子小姐面露溫柔的笑容，勸導地說：

「我想不是味道一樣，而是味道的印象相近。」

「印象……？」

「是的。人類的味覺記憶是非常模糊的。沒有能夠比較、驗證的數値或形狀。更何況，您吃到您母親做的咖哩，已經是十多年前的事了吧？即使自以爲記得，其實輪廓也相當模糊了吧？」

被這麼一說，我頓時沒了自信。如果說其實只剩下印象，或許如此，可是——

「以前我也吃過各種咖哩，但這是我第一次覺得吃到一樣的味道。」

櫻子小姐點點頭：

「是的，重點就在這裡。我認爲這是因爲我的咖哩和您母親的咖哩，有著其他咖哩所沒有的共通點。即使味道不可能完全一樣，也極可能有某些部分相同，導致印象重疊在一起。我想那應該是——」

櫻子小姐說到這裡暫時打住，露出幽微的笑容說：

「——您母親說沒有人知道的，祕密調味。」

「咦！」

「其實，我的咖哩加入了一般咖哩很少使用的某樣東西作爲祕密調味。我猜，您的母親應該也用了一樣的東西。」

所以才會覺得味道相同。

加上古老的記憶催化，讓我覺得味道一模一樣……是嗎？

我當然問了：

「那個祕密調味是什麼？」

「呵呵，您的母親用文字遊戲的方式，給了您線索喔。」

文字遊戲？

「我的祕密調味是這個。」

櫻子小姐伸出手來，從吧檯上的花瓶抽出那枝花，亮給我看。

「花？」

「沒錯。當然不是直接用這種花，而是把熬煮之後萃取的濃縮花精加進了咖哩醬裡面。如此一來，咖哩就會加上一股獨特的滋味。沒想到除了我以外，竟然也有人發現這個祕方，眞是有些驚訝呢。對了，您知道這種花的名字嗎？」

「不、不知道……」

我搖搖頭。

「不知，對嗎？」

櫻子小姐確認地問。她不是問「不知道」而是說「不知」，讓我覺得有些奇怪，但還是點頭說「對」。

結果櫻子小姐把花放倒呈水平，用花指著我笑道：

「猜對了。」

「咦？」

「這種花的名字啊。『不知』（註）。漢字寫作『紫蘭』。」

「紫蘭，不知，不知道……」

我在口中重複著，文字遊戲。「沒有人知道」，就是這個意思嗎？

「您母親離開的時候，您年紀還很小對吧？那麼您母親會那樣說，或許是當成一點猜謎遊戲。」

「原來是這樣……」我苦笑。「幹麼不直截了當跟我說嘛。」

如果是一般常見的咖哩祕密調味也就罷了，紫蘭這種東西，搞不好我一輩子都遇不到。

「您母親一定是希望讓偶然來決定您能不能找到這個祕密調味吧。還有隱藏在深處的訊息……」

櫻子小姐眼神低垂地說。

「隱藏的訊息？」

「您母親說，希望有一天您會知道這個祕密調味是什麼，對吧？」

「是的。」

「這一定是希望您有一天會得知這種花的訊息。」

什麼意思？

註：紫蘭的日文發音爲「SHIRAN」，與日語「不知」（SHIRAN）同音。

我怔愣不解，櫻子小姐接著說：

「就是花語啊。紫蘭的花語是『我不會忘記你』。」

花語，我不會忘記你——這是母親給我的訊息？

「您的母親一定很不願意與您分離吧。但是爲了保護您，她只能這麼做。她想不到其他方法，但她希望至少把『我不會忘記你』的思念傳達給您。但又覺得默默離開，卻留下這樣的話給您，未免太過自私。所以才決定使用這樣的方法，讓偶然來決定一切。希望您總有一天能夠發現。」

櫻子小姐暫時打住，接著以無比溫柔的聲音說：

「——您的母親是千眞萬確愛著您的。」

那張美麗的容顏被淚水糊成了一片，我什麼都看不見了。

2 SIVA SIDE

——全都是不得已之下瞎掰一通的，不過似乎是矇混過關了。

這是個春色明媚的星期天。

然而在我內心，卻能熊燃燒著與這樣的和煦格格不入的漆黑烈火。

那個臭婊子，我要宰了她！

我抓著一張傳單，快步走過住宅區。

就在我經過一棟破公寓前面的時候。

某樣東西突然從天而降，落在我的眼前、我的前方短短數公分處的地面。

是鳥屎。

抬頭一看，是燕子嗎？尾巴分岔的獨特外形正在藍天上滑翔。

要是再衰一點，就要被鳥屎擊中了。

搞屁啊！

本來就心情不爽的我一陣惱火，惡狠狠地伸腳踹向剛好看到的公寓自行車停車場的車。

咚磅喀鏘！

一陣轟然巨響，自行車漂亮地骨牌式倒下。

心胸暢快了一些。

要是住戶出來看就麻煩了，我快步離開現場。

不一會兒，我看到一座小公園，一個屁孩在那裡自己玩球。我討厭屁孩，所以看到這種景象，就會希望屁孩最好被變態攻擊。

屁孩發現蒲公英，注意力好像被吸到那邊去了。他丟下皮球跑掉了。

我剛好經過前面的時候，球滾到公園入口處。屁孩忙著吹蒲公英，沒有注意到。

我一把抓起那顆球，遠遠地扔向沙坑的屋頂。皮球無聲無息，精準地掉在屋頂上。屁孩還在悠哉地看著飛起的蒲公英白毛。

看屁孩發現球不見，哇哇大哭也是番樂趣，但不是搞這些的時候。

我急著趕路。

沒多久，我來到郊區的那個地方。

道路深處的山毛櫸小徑。小徑入口插著招牌，寫著「毗濕奴咖哩店　前方處」。

去你他媽的咖哩店，操！

我惡狠狠地一腳踢飛招牌，招牌猛地翻倒。

傳單上說，今天十一點半開幕。現在還不到十點，但人應該已經在店裡了吧。

等著受死吧！

我走進山毛櫸小徑。

盡頭處有家一看就知道是古民宅改裝的小店。外觀發揮了復古氣息，包括山毛櫸小徑盡頭處這個地點，一副就是在炫耀「很雅緻對吧？」的樣子，很像那個臭婊子會開的令人噁心的店。

便祕大便色的木門上，掛著一塊只追求設計感、用辨識度爛到爆的鬼字體寫著「CURRY SHOP VISHNU」的招牌。

眞的從頭到尾都讓人火大，但最教人暴怒的還是店面花壇種的花。

那花我有印象——或者說，我根本不想再看到那種花。

紫蘭——花語是「我不會忘記你」。

那個臭婊子！我絕對饒不了她！

我猛地打開店門。

鐺鎯——門鐘響了。

只有吧檯座的狹小店內沒有人影。吧檯上有只小花瓶，瓶裡也插著紫蘭花。啊，看了就礙眼！店內深處有一幅短簾，裡面一定是廚房，她在那裡面嗎？

結果裡面傳來沙啞的聲音：

「番迎光臨！」

居然吃螺絲。

但錯不了，就是那女人的聲音！

她以爲是第一個客人上門，一反常態緊張起來了嗎？

不出所料，臭婊子——高見澤櫻子從裡面走了出來。

「咦？！」

發現來人是我，臭婊子臉色大變。

「妳、妳怎麼……？」

臭婊子呆掉了。

「一半是碰巧，另一半是妳自己告訴我的！」

我把這家店的傳單亮到臭婊子面前。

「我老家就在這附近。上個星期天，妳在車站前面發這玩意兒不是嗎？剛好被我看到了。我在車站廁所卸了妝，頂著素顏經過妳前面，拿了妳給我的傳單。」

「咦？不、不會吧……我完全……」

我放聲大笑：

「完全沒發現？那當然了，因爲妳又沒看過我的素顏。不是我自誇，我可以靠化妝變成另一個人。」

我大步繞過吧檯，走近臭婊子。

「等、等、等一下，妳先冷靜下來，好嗎？」

臭婊子臉色蒼白地後退，逃之夭夭地進入廚房。

冷靜個屁！

我跟這個臭婊子，是在同一家酒店上班的小姐。因爲喜歡的音樂和藝人一樣，有段時間好到幾乎是情同姊妹（雖然如今回想只剩下後悔）。

某天，這傢伙跟我說「絕對會大賺」，邀我一起投資。我這個智障居然信了，把存款全部砸下去，甚至還跑去借錢，籌了五百萬圓給了這傢伙，然後這婊子居然捲款跑人了。

帶著錢消失的這傢伙，留下一把花束在店裡的寄物櫃給我。還附上卡片寫著「這是紫蘭花，花語是『我不會忘記你』。我也不會忘記妳的。謝謝妳。再見」，眞他媽的狗屁！

這麼說來，這傢伙好像說過她想要自己開店。我的五百萬，成了這家假掰噁心的餐廳開店資金了是嗎？去死吧！

氣瘋了的我撲向後退的臭婊子，把她推倒在廚房地上，直接騎到她身上。「住手！救命！」臭婊子大喊，我不理她，擺出壓制姿勢，握拳揍她的臉。一道濕軟的聲響，臭婊子的鼻子被打斷，鼻血噴出來。臭婊子發出被踩扁的青蛙般的慘叫聲。啊，大快人心！我忘我地一拳拳毆打臭婊子。每一拳下去，鮮血噴飛，臭婊子號叫。感覺就好像在演奏樂器一樣，我愈揍愈帶勁。忽然間，我的眼角瞥見調理台上的大型切肉刀。用那把刀，或許可以製造出更讚的聲音。我暫時離開臭婊子。可能是因爲被打得太慘，臭婊子一時站不起來，手腳抽搐痙攣。我抓起切肉刀，臭婊子便「噫咿咿咿」地尖叫，四肢跪地要逃。我朝著她的腦門，惡狠狠地揮下手中的切肉刀。「嚓」的一聲，刀子插進臭婊子的頭蓋骨，手中感覺到爽快的回應。「嗚嘎！」臭婊子短促地慘叫一聲。鮮血噴射而出。什麼嘛，這傢伙身上居然也流著這麼漂亮的紅血喔？破裂的腦門，鮮血和像是腦漿的糊爛物體一起汩汩湧出。讚啦！我把一動不動的臭婊子脫個精光。泉湧而出的紅血逐漸染紅了她白色的皮膚。明明就是個臭婊子，這副模樣卻美得令人屏息。我得把她碎屍萬段才行！我抽出插在腦門的切肉刀，這次把臭婊子的身體千刀萬剮。

回神一看，眼前是一片血海，地上散落著原本是臭婊子的碎肉。

天吶！

我居然一時氣憤，犯下了宛如血腥虐殺片的分屍殺人。不過我本來就是要來宰了她的。

從亢奮狀態清醒過來後，我發現臭婊子的鮮血和內臟臭味混合在一起，四下瀰漫著催人欲吐的惡臭。幸好這裡是廚房，鮮血和體液那些用水管沖一沖就乾淨了。接著我打開抽風扇，把架上的香料四處亂撒一通。強烈的辛香料氣味，似乎可以勉強中和掉惡臭。

臭婊子身上的衣物，我丟到角落的垃圾桶。剩下的骨頭跟肉怎麼辦……？我正尋思著，發現瓦斯爐上並排的四只大湯鍋。裡面正在燉煮臭婊子做的咖哩。

好，把肉丟進去煮掉吧。

我把四分五裂的臭婊子分成小份丟進各別的鍋中，開火燉煮。能成爲自己做的咖哩的一部分，這傢伙也可以瞑目了吧。

廚房角落有洗手檯，我在那裡洗掉臉上和手上噴到的血。妝也一起洗掉了，露出自己說雖然有點那個，不過算是滿不堪入目的素顏。

我從化妝包裡取出化妝工具，開始上妝。

畫出曲線優美的眉毛，再用眼線和上睫毛膏的超絕技巧，把眼睛弄成大上一．五倍的杏型大眼。臉頰刷上淡淡的紅，用唇蜜塑造出水潤圓嘟嘟的嘴唇。髮型也亂掉了，但我沒帶髮膠，所以隨手在後腦紮成馬尾。鏡中的我的臉，是絕大多數的男人都會認定「可愛」、「漂亮」的臉孔。

嗯，這樣就沒問題了。此地不宜久留，速速離去爲妙。

正當我這麼想，傳來門鐘「鐺鎯」響起的聲響。

死了！

仔細想想，這裡是餐廳，當然會有客人上門。我完全忘記了。

連自己都覺得怎麼這麼蠢。應該把玄關門上的板子翻過來才對的。

總之，必須混過這一關才行。

幸好血腥味用辛香料的香味蓋過去了。先假冒店裡的人吧（雖然也就是冒充那個混帳王八臭婊子）。

「番迎光臨！」

我出聲招呼，結果因爲慌亂過度，不小心吃螺絲了。

噯，算了。這麼說來，那傢伙也吃了螺絲。總之得去招呼客人才行——我正要出去吧檯，發現自己的上衣沾滿了鮮血。

這下不妙。我套上廚房角落的棣棠黃圍裙。

因爲是臭婊子的尺寸，對我來說有點大，但這下反而剛好，把噴到血的地方全遮住了。

我提心吊膽地從廚房去到吧檯。

那裡坐著一個呆頭呆腦的年輕男生。

「請問……您是客人……吧？」

我問，那個男生驚慌失措地回答：

「呃……嗯，啊、對。」

我馬上就看出來了。啊，這傢伙不光是外表呆，內在也一樣呆。

我遇過好幾次，這種呆男人，遇到美女就整個沒轍，應該已經對我一見鍾情了。

好，既然如此，應付起來就容易了。

「哇，太好了。其實今天才剛開幕，您是第一位客人。」

我勾起唇角，露出經過完美計算的必殺笑容。

看看呆男生的表情，一眼就知道他徹底淪陷了。

這傢伙一定正在想：「這個女生簡直就像個女神。」

我爲了維護這個形象，努力扮演親切的女神系（？）美女店長。

到這裡都還好……

理所當然，呆男生點了咖哩。他點了大份豬肉咖哩。呃，現在店裡有的咖哩，全都是臭婊子咖哩耶。

噯，管它三七二十一！既然這樣，也只能端出來讓他吃了。

我折回廚房，把燉煮了臭婊子肉的咖哩盛到盤子端回來，從吧檯裡端給呆男生。

「讓您久等了。請、請用。」

端出盤子的時候，手還是情不自禁地發抖了。

「嘿嘿，這是第一次請客人品嘗，忍不住緊張。」我打馬虎眼說。

色欲薰心的呆男生毫不懷疑，莫名其妙地說著什麼「那，我就用心品嘗了」，吃起咖哩。

怎、怎麼樣？

我完全無法想像會是什麼味道。

呆男生吃了幾口咖哩，露出茫然的樣子，盯著盤子。

難不成他察覺了哪裡不對？

「怎麼了？不合您的胃口嗎？」

我提心吊膽地問，呆男生反問奇妙的問題：

「請問，您這份咖哩的食譜，是有人教您的嗎？」

「咦？」

「啊，抱歉，因爲我吃過跟這個一模一樣的咖哩……」

「一模一樣嗎？」

「是的。」

眞假啦！

我嚇到腿都快軟了。

聽過詳情之後，才知道原來是他小時候失蹤的母親最後煮給他的咖哩。

「——然後，這個咖哩和那天我媽做給我的咖哩味道一模一樣。」

「原來有過這樣一段往事啊。」

我已經發現這個呆男生的母親其實爲什麼會離開、還有據說騙了他母親的那個員工下場如何。所謂「沒有人知道的祕密調味」，名符其實，是絕對不能讓任何人知道的祕密吧。

好了，這下該怎麼辦？

咖哩的味道剛好一樣，這未免奇怪。萬一他胡亂猜測就麻煩了。總之先敷衍過去也好，得想個說法讓這呆子信服才行……死了，什麼都想不到。

總、總之。

「那個，您認爲咖哩是哪一國的料理？」

我決定先搬出咖哩小知識來拖延時間。是以前在漫咖一口氣讀完的美食漫畫裡面的內容。

其實印度沒有咖哩這件事，我覺得現在滿多人都知道的，但呆男生好像不知道，聽得一臉欽佩。

我一邊說著，同時腦袋全速運轉思考。

要怎麼做才能混過咖哩味道一樣這件事……？

忽然間，我注意到插在吧檯花瓶裡的花。紫蘭、不知。花語是「我不會忘記你」……就、就是它！

我在話題即將耗盡的前一刻想到了。

「——反倒說，這樣的自由度，就是咖哩的本質。」

說到這裡，我先暫時打住。

「呃，那，這個咖哩和我母親的咖哩味道一樣，是因爲……？」

呆男生問。

我假意「啊」了一聲，掩住嘴巴，裝成熱情地談論咖哩而忘了正題的天然呆女生。

呆男生做出差點摔倒的動作，臉上卻寫著「不過這也很迷人就是了」。

眞是有夠呆的。不過也多虧了他這麼呆，我辦起事來容易多了。

*

「——您的母親是千眞萬確愛著您的。」

完全信了我瞎掰出來的「感人故事」的呆男生，開始撲簌簌掉下眼淚來。看來似乎是矇混過關了。

話說回來……

這個呆男生的母親真夠嗆的。

讓兒子吃這種咖哩，當成餞別，甚至流淚說什麼「希望有一天你會知道」，怎麼說，有夠低級趣味，或者說腦袋有問題。呃，雖然我也沒資格說人家啦。

總覺得心頭暖洋洋起來了。

政治正確的警察小說

指定的地點，是洽談聖地牡丹屋珈琲店新宿茶寮——算不算聖地我不清楚，但這家位於新宿的咖啡廳不管什麼時候去，都至少有一組以上的出版界人士在洽談。在那裡等我的，是一個美得過頭的美女，不是女星愛染恭子、黑木香以及林由美香加起來除以三，而是三者相乘等級的美。

我一踏進店裡，美女便從店內深處的禁菸座站起來，以丹田渾厚的女高音大叫：

「乒！米糊！滂死！」

眞正是令人一陣錯愕，我整個人在店門口呆住了。其他客人也都嚇到了，同時轉頭看她。店內坐了約九成的客人，應該原本一片嘈雜，這時卻都瞠目結舌似地，瞬間陷入一片靜默。一道「鏘」的聲響打破寂靜，接著傳來女生「哇！對、對不起！」的聲音。似乎是端飲料的女服務生不小心打翻托盤了。這不怪她。

這時我還不知道要碰面的對象就是那名美女，因此只是心想：「哇塞，怎麼有個瘋女人？太可怕了，等下換家店好了。」

然而緊接著我發現了一個非常可怕的事實。根據事前聯絡的電郵內容，對方的名字是「鶴子」。從這個名字應該可以斷定是女性。可是放眼望去，店內全是男客，女性只有正在拖地板的女服務生，以及那個「瘋女人」而已。而且女人正笑容滿面地注視著我這裡。

難、難不成**那個女人**就是……

我陷入戰慄，女人向我招手，再次大叫：

「乒！米糊！澇死！」

嗯？

「濱名湖！澇死！」

呃，啊……原來是這麼回事。

聽到第三聲咆哮，我總算發現了。她是在叫我。但音量太大，咬字變得模糊，聽起來就像不堪入耳的言詞。

話說回來……

我感受到周遭客人扎在身上的目光，快步走向她所在的禁菸區。

「妳、妳好，我是濱名湖。」

「幸會！」

明明人就在眼前，她卻絲毫沒有放低音量。

「呃，喂，妳聲音太大了啦。」

「哇，對不起。」她雙手掩口，拱起肩膀。「因爲有幸見到濱名湖老師，我實在太感動了……」

「哦……」

好吧，這個業界本來就有很多怪人。

「謝謝老師今天特地撥冗前來。我叫郭公鶴子。」

她說著，從手提包取出名片，雙手奉上。

名片十分簡潔，只印著「編輯」這個頭銜和聯絡方式，以及「郭公鶴子」這個名字。

忽地，我注意到桌上插著吸管的杯子。應該是她在喝的果汁，但顏色難以形容，勉強要說的話，是一種泛黑的紫色。

我——濱名湖安藝（註）是一名小說家。現年已經四十歲了，但是在文壇上仍屬於新人。

我從小就熱愛閱讀，不知不覺間，大概是國中的時候，開始模糊地希望往後能成爲小說家。

直到上大學以後，我才正式動筆寫小說。在學期間投稿過一次公開徵稿的新人獎，但別說得獎了，甚至沒有打入最終評選，石沉大海。結果我很一般地畢了業，出了社會。

即使如此，想成爲小說家的夢想火苗仍埋藏在心底深處，未曾熄滅。我一面上班，一面利用假日等閒暇孜孜不倦地寫小說，持續投稿新人獎，卻遲遲沒有等到熬出頭的那天。相對地，生活方面相當順利，我在二十九歲結婚，隔年有了女兒，第三年有了兒子，成了兩個孩子的父親。在公司也升上主任，貸款買了自己的房子。

比起夢想，寫小說漸漸地變得更接近興趣。

我依然想成爲小說家，但前前後後也持續投稿了十年之久，卻從未獲得評審青睞，所以或許我沒有寫作才能。社會陷入長期不景氣，聽說出版業的狀況也愈來愈嚴峻。即使眞的成爲小說家，賺的錢是否足以養家餬口，也令人不安。

或許是時候收手了——我這麼想，決定寫一部算是自己集大成的作品。過去也因爲都是在工作餘暇寫作，都寫些不需要特別蒐集資料就能完成的輕鬆小說，但最後一

註：濱名湖安藝（Hamanako Aki）這個名字，與作者葉眞中顯（Hamanaka Aki）的發音相近。

部作品，我決定紮紮實實地花時間，寫一部以社會問題爲主題的沉重作品。形式是有凶殺案的推理小說，因此屬於所謂「社會派推理小說」的類型。

原本我就對各種社會問題抱持強烈的關注，看新聞節目的時候，也會對電視上的評論員出聲反駁：「才不是這樣！」飯局上也會針對政治或社會時事大發議論，被後輩敬而遠之，屬於「高意識（註一）」分子。所以我想在最後卯足全力，寫出一部充滿問題意識的小說。

如果還是不成功，我打算就此徹底放棄小說家之夢。

沒想到。

這部作品寫得意外好。不曉得是不是社會派風格特別適合我，我的筆鋒充滿熱度，鏗鏘有力。重讀完成後的稿子，其中非凡的問題意識令人驚嘆，感覺和書店裡陳列的職業作家作品相比，也毫不遜色。不，不僅如此，我甚至覺得在職業作家水準中，也稱得上數一數二。

也許是因爲當成最後一部作品來寫，放入了太多感情，對自己的評價特別寬鬆，所以覺得寫得好罷了。但我確實使盡了渾身解數。我再也寫不出更好的作品了。如果這樣還是沒有得獎，我也能心甘情願放棄吧——我懷著這樣的心思，投稿公開新人獎，沒想到居然奪下了首獎。而且聽說評審委員一致同意首獎應該頒給我。擔任評審委員的知名職業作家都異口同聲讚不絕口：「充滿了鋒利的問題意識！」「傑作！」原來寫得好不是我的錯覺。就像我感覺到的，這部作品眞的很棒。

我得到了相當於我當時年收入的獎金，得獎作成爲出道作，付梓上市。

我終於如願以償，正式成爲職業小說家了。

而且這部出道作似乎深爲打動一般讀者，多次再版。在不景氣常態化的出版界裡，新人能得到的邀稿委託並不平等，而是集中在受到矚目的作家身上。我接到了超過十家出版社的稿約。

我的心情就像挖到了黃金的杜子春（註二）。總之，由於獎金和出道作的版稅，我有了一大筆積蓄，工作量也充足無虞，感覺光靠稿費，就能付清房貸，支應生活開銷了。成爲小說家，是我自兒時以來的夢想。若是能夠，我想辭掉公司，專職寫作。

當然，這不是我一個人就能決定的事，因此我和妻子討論。

註一：高意識（意識が高い）爲日本近年出現的流行語，指具有積極向上的心態，對任何事物都抱有深入鑽研分析的熱忱。後來轉爲貶義，用來揶揄一些故作積極進取、眼高手低的人。

註二：日本文豪芥川龍之介根據唐傳奇《杜子春》改寫的短篇中的情節。

在過去，一方面也是因爲害羞，我從未讓妻子閱讀我的作品，但是讀過我的出道作後，妻子驚訝：「原來我結婚的對象竟然這麼有才華！」大爲感動。她支持我說：「既然你能寫出這麼精采的作品，你應該專職寫作才對。」

後來幾年過去了。以某個意義來說，我的作家生活稱得上順遂。我的風格一貫都是以問題意識爲賣點的社會派推理小說。每一部作品都獲得穩定的評價，且十分暢銷，讓我衣食無虞。

不過，我的寫作無法讓我滿足。不是想要變得更暢銷，或是變得更有名，而是自己的作品在小說上的完成度，讓我感到不滿足。

回想起來，出道作對我來說，在各種意義上都是個挑戰。我懷抱著這是自己最後一部作品的覺悟去寫，這也是我第一次創作社會派推理小說類型。一字一句塡滿稿紙，過程就像嘔心瀝血，也像是踏上未知的大地。那絕非以新奇爲賣點的作品，但完成的作品，我覺得是全世界獨一無二的嶄新小說。

正因爲如此，完成的時候，才會陷入那樣的亢奮吧。

但是出道以後，爲了工作而寫的小說，卻沒有這樣的充實感。

當然，每部作品的主題都不同，情節迥異，我也都是認眞在創作，但就是忍不住覺得是在自我模仿，或只是換湯不換藥，其實都是在重複出道作。

即使自以爲「充滿問題意識」，但我寫出來的東西，是否只是同工異曲、浮掠地描寫社會問題表面、只是被揶揄爲「裝作充滿問題意識（笑）」的東西而已？我怎麼樣都無法擺脫這樣的疑慮。

即使著手寫新的小說，也感受不到成長或成就，甚至只落得滿懷空虛。

我若有似無地向幾名往來的編輯吐苦水，但每個人都只是一臉爲難，又哄又勸：

「咦？這有什麼問題嗎？老師還是寫得出來對吧？既然如此，那不就好了嗎？」「老師說自我模仿，但這就是風格、是個性啊。沒什麼好在意的。」「作家啊，就是要覺得寫作空虛，然後才會開始發揮眞本事啊。請老師好好努力啊，哇哈哈！」「濱名湖老師，你眞的充滿問題意識啦，噫嘻嘻！」「走，我帶老師去洗泡泡浴，嘎哈哈！」

忠於配偶、充滿問題意識的我嚴正拒絕洗泡泡浴的邀約。這很重要，所以我要再說一次，我嚴正拒絕了。不過——嗯，編輯們的這些話也有一番道理。

我已經是職業作家了。寫小說是我的工作，是我的飯碗。所以即使覺得空虛、即使是自我模仿，我都非寫不可。

這一點我懂。我懂，但寫作依然不只是這樣而已。人活著，不是只爲了麵包——這麼說的人被送上了十字架，但總而言之，寫作這回事，不是只爲了賺錢餬口。寫作是一種表現手段，也是靈魂。靈魂的本質是探求。

我想要超越工作的意義、想要小說方面的成就。即使不是在文學史上燦爛光輝的傑作，在我個人小小的歷史當中就夠了，身爲表現者，我想要有所進步的眞實感。

正當我悶悶不樂地想著這些時，接到了郭公女士的邀稿。

她自稱自由編輯，不屬於特定出版社，採取「經紀人模式」，會先讓作家潛心創作，再把完成的作品推銷給最合適的出版社。

經紀人模式在海外是主流做法，但老實說，我覺得這一套不太適合日本的出版系統。十年、二十年以後怎麼樣我不知道，但運用在目前的日本，感覺會舉步維艱。她的郵件我讀到一半，就已經打算拒絕了。

但後半的文字卻讓我赫然一驚。

——濱名湖老師是否對自己現在的寫作感到不滿足呢？我可以明白。爲了突破局限自己的框架，濱名湖老師已經來到必須進行全新挑戰的階段。我有具體的提案，一定可以引領老師的挑戰獲得成功。

以編輯寄給邀稿作家的郵件來說，口吻相當高高在上。也可以說是瘋狂。平常這是絕無可能的。雖然很離譜，但她的話一針見血。

沒錯，我確實感到不滿足，覺得必須進行某些挑戰，來獲得那種滿足。我想突破自我的局限。想要獲得新的成就。但我不知道該怎麼做才好。而這時她說她有「具體的提案」。

姑且不論是否要答應稿約，我決定先會會這個名叫郭公鶴子的編輯。

如此這般，我見到了郭公女士，然而美過頭、活力十足又性情古怪的她，所提出的「具體提案」，卻平凡無奇無聊到家到令人錯愕的地步。

「就是警察小說！」

在牡丹屋珈琲店新宿茶寮內，不僅狹窄而且還不停從沒隔板的吸菸區飄來二手菸的禁菸區裡，她這麼說道。

「濱名湖老師已經來到了應該挑戰警察小說的階段！」

語氣之強烈，與其說是提案，更像是宣言。

但這樣的提案，別的編輯早就提過一萬次——一萬次是太誇張了，但四、五次是跑不掉的。

只要去到書店，尤其是口袋書區逛逛，是一目瞭然，現在日本的閱讀界裡，警察小說熱潮已經持續了好一陣子。近年這種類型的小說，除了解決困難案件的娛樂性之外，還開始逼眞地描寫身爲警界這個巨大組織中的小齒輪，在理想與現實的狹縫間掙扎的刑警眞實形象。這部分引起亦屬於組織的上班族讀者強烈共鳴，獲得了飛躍性的成長。

編輯想讓作家寫暢銷的類型小說，這可以理解。警方亦是社會的一部分，與我擅長的社會派風格也十分契合。但事情並沒有這麼單純。

由於熱潮持續了很久，警察小說不論在質或量方面都十分充實，現在已經完全變成了一種專門類別。單純的「有警察登場的推理小說」，和「警察小說」是不同的。以警察小說爲主戰場的作家們，他們的知識和描寫密度極高，水準不凡，絕非門外漢一蹴可幾的領域，若是輕率地想要跟風蹭熱潮，只會玩火自焚。

我好歹也是個職業作家，只要想寫，或許還是寫得出來。但看在內行人眼中，絕對遠遠不及行家，再說，我也不認爲挑戰警察小說，能得到我想要的成就。

可能是失望寫在臉上，郭公女士微微側頭說：

「老師不喜歡嗎？」

「啊，不是，唔……只是覺得警察小說的話，也不必是我來寫……」

特地跑來新宿，結果是白費力氣嗎？——我懷著這樣的心思說道。結果郭公女士突然發出刺耳的怪聲：「協！協！」不，她好像是在笑。

「討厭啦老師，你搞錯了！」

「呃，搞錯了？」

「沒錯。我希望老師挑戰的，不是一般的警察小說！而是以PC爲概念的警察小說！」

「PC？妳是說類似電信警察那些嗎？呃，或許確實很吸引人，但我對資訊科技那方面不太熟悉……」

「協！協！老師，我不是說電腦那個PC。」

「咦？那……難道是警車的縮寫？」

「協！協！討厭啦老師，您是明知道而故意裝傻嗎？」

「不是……妳說的PC到底是什麼？」

郭公女士發出「嗞嗞嗞」的聲音，用吸管吸起黑紫色的果汁回答：

「Political correctness。」

「啊！」我忍不住出聲。原來是那個PC。

「也就是……妳要我寫『政治正確的警察小說』？」

郭公女士緩慢而深沉地點了點頭：

「對，沒錯。」

Political correctness，也就是「政治正確」，具體來說，是指逐步摒除隱藏在表現背後的一切歧視。

政治正確的源流是基於近代平等主義的消除歧視運動，在八〇年代發展成巨大的社會運動，後來逐漸擴展到全世界。在日本，政治正確一詞不太爲人所熟悉，但行動本身已經推展到某個程度。

最爲簡單明瞭的，就是一些詞彙的修正。

比方說「看護婦（註）」一詞，這顯然是只限用於女性的詞彙，由於具有特定職業由特定性別的人從事的歧視性，因此最近一般來說，都基於政治正確的觀點，改稱爲「護理師」。

同樣的，「助產婦」改爲「助產師」，另外像是「空中小姐」也是只限女性的詞彙，現在都改成了「空中服務員」。

此外，不只是男女性別差異，因爲哥倫布把加勒比海群島誤以爲是印度島嶼而成爲語源的「Indian」（原住民）一詞，現在也改成了「Native American」（美國原住民），「○○○○」這類單字原則上也不再使用（刻意隱去，是因爲出版社要求不要使用這個詞，這也是一種政治正確）。

不過，這類詞彙修改雖然是政治正確簡單明瞭的部分，卻難說是它的本質。如果只拘泥於詞彙，會流於浮面的文字獄。最極端的例子，就是出版社和電視臺內部的「禁用詞彙」清單。

日本有一些詞彙，是絕對不能在公開播送中使用，並絕對不能印刷成鉛字的。雖然常聽到「播送禁用詞彙」或「出版禁用詞彙」，但並非法律明文禁止使用，只是各家媒體以顧慮社會觀感的名目，自主訂定出一份避免使用的詞彙清單罷了。

但所謂歧視這回事，比起詞彙本身，其實更潛藏在脈絡當中。只要禁止特定詞

註：即「護士」。

彙，就能消弭歧視，這樣的發想，也可以說是基於息事寧人主義安逸的停止思考。

爲了批判歧視，有時會刻意使用歧視性的詞彙，相反地，也能夠完全不使用歧視詞彙，卻做出歧視性的發言。舉個簡單的例子，「女人在各方面都比男人差勁」，這段文字顯然是在歧視女性，但分別去看每一個字詞，卻沒有半個觸犯禁用詞彙清單。

政治正確的本質，絕非單純的詞彙修正，或禁止特定詞彙，而是細心體察脈絡，甚至是呈現的結構，來逐步排除歧視性。

我爲了確認郭公女士的眞意，問：

「我確定一下，妳的意思不是叫我在寫作時要顧及政治正確，比方說，不用『女警』一詞，而是改成『女性警官』這類吧？」

「當然不是！如果是這類可以靠校對檢查出來的細節，就不能叫概念了。我希望老師挑戰——不，老師應該要寫的，是站在政治正確的觀點，剖析傳統警察小說中蘊藏的**無自覺歧視**作品。」

這樣啊。果然如此。

只是聽到警察小說，就小看了郭公女士的提案，我對自己的愚蠢感到羞恥。

小說——尤其是商業出版小說，基本上是提供「讀者想讀的內容」，因此反映了小說發表的時代和社會感性。但這些內容，未必在後日也一樣「正確」。大部分的小說，都帶有郭公女士所說的「無自覺歧視」。

譬如說，以法國小說家朱爾．凡爾納在一八八八年出版的《十五少年漂流記》爲例，這是一部少年冒險小說的傑作，描述十五名少年遇到海難，漂流到一座孤島，合力在島上求生的過程。這是超過百年前的作品，但現今讀來依舊精采萬分，我小時候也很迷這部作品，重讀了好幾次。

但是這部作品有個場面，對現代讀者來說相當難以接受。也就是當男孩們要選舉出他們的領袖「總統」時，唯一的一名黑人男孩莫可卻沒有選舉權。而且所有人和莫可自己都接受這件事，絲毫不感到疑問。莫可被描寫成一個「理想的黑人」，「雖然沒有權利，但品德高尚，深受眾人信任」。

在一八八八年當時的歐洲，這樣的感性，應該甚至可以說是極爲高尚的，但如今看來，卻是顯而易見的歧視，是非意圖、無自覺的歧視。

當然，《十五少年漂流記》這部作品的價値並不會因此而受到損害。像這樣揭露隱藏在作品中的感性，不是「批判」，而是「批評」。批評並非否定作品，而是爬梳內容，提出連作者都未曾預期的解釋。站在創作者的角度，在這樣的批評當中，才能找到創作新作品的觀點。

以《十五少年漂流記》的例子來說，諾貝爾獎作家威廉．戈爾丁就以極為相似的設定，寫下了一部傑作《蒼蠅王》。在《蒼蠅王》裡面，男孩們並未團結合作，而是展開鬥爭，最後迎來悲劇性的結局。《蒼蠅王》這部作品可說是從批評的角度拆解《十五少年漂流記》這部先行作品中被理想化的男孩形象，從而獲得了不同的觀點。

郭公女士的意思是，要以政治正確為概念，用現代日本的警察小說來達到相同的目的。

「傳統警察小說蘊藏的無自覺歧視……比方說對女性角色的描寫方式，或是性別觀，或是凶手形象那些嗎？」

郭公女士露出滿面笑容：

「協！協！完全沒錯！老師完全掌握了我的意思！」

確實，從政治正確的觀點來看，警察小說可謂是問題多端。

比方說冷硬派路線的作品，有許多標榜「男人的世界」，深入刻畫男性角色，女性角色的塑造卻都只是在迎合男性。

而以少年犯罪為主題的作品，有不少都以「凶殘少年犯罪不斷增加」為前提在鋪設情節，但這完全是成見。根據統計，戰後日本的凶惡少年犯罪一路下降，近年已經觸底徘徊。同樣地，以外國人犯罪或性犯罪、獵奇殺人等等爲主題的作品，也容易帶有在統計上已經被否定的成見。

當然，政治上正確，與作品上正確是兩回事。既然小說的目的是「娛樂讀者」，唯一的眞理，就是讀者喜歡就夠了。從這個意義來說，寫給男性讀者看的小說，內容迎合男性並沒有問題，而且比起統計上的事實，在體感上更貼近一般民眾的感情，依此來塑造作品的世界觀，也毫無問題。

不是「批判」「政治不正確」的傳統作品群充滿歧視，而是藉此獲得「批評」的觀點，是有意義的。如此一來，或許可以寫出從未有人想到的「政治正確的警察小說」。倒不如說，我這種外行人要打進警察小說這種專門領域，如果不以有別於現有作家的觀點來創作，就沒有意義了。

再說，追求政治正確、屏除歧視，對於充滿問題意識的我——

郭公女士把掠過我腦際的話說了出來：

「對於充滿問題意識的濱名湖老師來說，絕對是一拍即合，不是嗎？老師很想挑戰看看吧？以政治正確爲概念，來拆解傳統警察小說——不，現代日本社會裡的不證自明，並昇華爲革命性的表現。」

沒錯。無自覺的歧視，就是許多人視爲理所當然、視而不察的事，也就是天經地義。或許也可以代換爲既有的價値觀。加以拆解、宛如革命的小說——如果寫出這樣的作品，或許能成爲我的一個里程碑。或許可以突破自己的樊籬。我有這樣的預感。

咖啡上桌之後就沒有碰過，完全涼掉了。我啜了一口，說：

「原來如此。似乎很有意思。」

郭公女士又發出「楍！楍！」的笑聲，從椅子上站起來，用力朝我探出上身。她那張美過頭的臉一下子湊到眼前，鼻子幾乎快與我相觸了。

我忍不住往後仰去：

「太、太近了。」

郭公女士毫不介意，音量太大導致聽起來不堪入耳地大叫：「乒！米糊！澇死！」隨著她的發聲，大量口水噴濕了我的臉。

「你啊，幹麼那樣吊人胃口嘛！想寫的話，直截了當、當場回答說你想寫就好了啊！」

那嚇死人的魄力，讓我點頭如搗蒜：

「呃、是！我想寫！」

就這樣，我依從郭公女士的提案，開始著手撰寫以政治正確為概念的「政治正確的警察小說」。

當然，不光是被她的魄力震懾，我自己也認為這個稿約富有挑戰性，可能讓我突破樊籬、獲得新的成就。

這是我第一次以經紀人方式接案，若說沒有不安是騙人的。但也只能相信郭公女士的能力了。她雖然很怪，但看她那種氣勢，感覺在談判中能所向披靡。不管怎麼樣，既然決定要做，我也只能盡全力去寫了。

但我的創作速度並不算快。除了有定期截稿的連載工作以外，還有其他數個稿約，因此起初我覺得或許會相當耗時。沒想到寫起來意外地興致高昂，欲罷不能，不到兩個月就完成了初稿。

而且雖然有些老王賣瓜，但我對這部作品自信十足。不，不僅如此，我甚至有種完成了傑作的感覺。就和以前完成投稿新人獎的出道作那時候一樣，感到亢奮不已。

這部作品會成功。絕對會。

我自信十足地把稿子用電子郵件傳給郭公女士。結果她立刻回覆，說想見個面，親自告訴我感想。我們再次約在牡丹屋珈琲店新宿茶寮碰面。

我當然以爲自己會大受稱讚。想想郭公女士的作風，她一定會在看到我的瞬間，就用響徹整間店的大嗓門，滔滔如流水般讚不絕口。可能又會引來側目了，眞傷腦筋——我這麼想著。

然而在上次一樣的禁菸區喝著黑紫色果汁等我的郭公女士，卻出乎意料地安靜。看到進入店內的我，郭公女士沒有站起來，也沒有大叫，而是微微頷首。然而美過頭的那張臉上，貼滿了「虛無」。

咦？

我詫異不已，在郭公女士前面落坐，點了咖啡。她一直默不作聲。手上有列印出來的我的稿子。緊握著紙張邊緣的雙手顫抖著。

「呃，請問……？」

我出聲，結果郭公女士默默地低下頭去了。

怎、怎麼了？難道她是感動到說不出話來了？

啊，一定是的，絕對就是這樣。平常就是狂躁狀態的她，一旦大受感動，就會整個人安靜下來。

很快地，點的咖啡送上桌了。她如此感動我很開心，但也總不能就這樣一直沉默地對坐下去。就算作品不用修改，也應該還有許多細節要討論，像是要推銷給哪家出版社、校對日程如何安排。因爲郭公女士不說話，我只得無奈地主動開口：

「怎麼樣？我自己對這部作品滿有自信的。至於要向哪家出版社推銷，這部作品表面上是冷硬派，但內容極富問題意識，所以我認爲內行人欣賞的K書房應該不錯。還有形象前衛的J出版社。當然，爲了讓更多讀者讀到，S出版社或K書店這些擅長行銷小開本口袋書的大出版社也完全沒問題……」

滴滴答答的聲音打住了我的話。

細一看，水滴落在郭公女士手中的稿子上。落淚。低著頭的郭公女士好像在哭。

「呃……郭、郭公女士？」

「——死了。」

郭公女士喃喃道。

「什麼？」

我反問，郭公女士猛地抬頭。雙眼哭得紅腫，淚濕的那張面容既可怕、同時也美得驚心動魄。

「這簡直爛死了！」

郭公女士如此大喊。

「咦？」

「我幻滅了！沒想到濱名湖老師居然是這麼糟糕的歧視主義者！」

這意想不到的發言讓我傻住了。

「呃、咦咦？歧視主義？請、請等一下，我哪裡歧視了？」

郭公女士發出她一貫的「協！協！」怪笑聲，抓起一大把桌上的紙巾抹去眼淚，發出「滋嗶嗶嗶噗」的驚人擤鼻涕聲，接著開口：

「啊，果然沒錯，沒有自覺是嗎？要不然怎麼可能會說對這種東西有自信嘛！這樣啊，這樣啊，我眞是徹底幻滅了。沒想到以排除無自覺歧視爲概念寫出這部小說的老師，竟會成爲無自覺歧視的俘虜！哈！這叫做充滿問題意識？別笑死人了，意識低賤到都要地層下陷了！」

就像引擎發動般，她的音量愈來愈大，最後尖叫起來。

「我覺得就像被強姦了！不，我就是被強姦了！我被作家濱名湖安藝強姦，被奪走了守護了三十五年的貞潔！你這個禽獸！」

整間店裡的客人都一臉驚愕地轉頭看這裡。我覺得好像不小心得知了郭公女士的私密個資，但現在這不是重點。

「等、等等等、等等一下，妳在說什麼！哇！哇！各位，這只是比喻，我是清白的！」

我連忙站起來澄清。接著再次轉向郭公女士：

「郭公女士，妳是什麼意思？我自認爲竭盡全力以政治正確爲概念完成了一部警察小說，也覺得寫得相當成功，然而妳卻說這部作品充滿歧視？請妳解釋。」

「㧥！㧥！解釋？不客氣地說，幾乎通篇都充滿了歧視，老師做好心理準備了嗎？」

上一刻還在哭泣的女人，現在卻高傲地笑著。我覺得受到了挑釁，懷著挺身迎戰的心情點點頭：

「沒問題，請說。」

「好的。那麼——」

郭公女士清了一下喉嚨說：

「——首先是名字。女主角刑警名叫皇玲花。這是歧視女性。」

我整個人後仰：

「嗄？這哪裡歧視了？」

「這名字不必要地帥氣，根本就是國中屁孩才想得出來的名字，不丟臉嗎？給女刑警取這種名字，形同是在加外掛。刑警是男人的工作，既然是女人，如果不在名字上下點工夫，就撐不起這個身分——就是因爲有這樣的價值觀，才會想出這種名字。」

「不，不不不不，才不是這樣。這是虛構作品，幫角色取個帥氣的名字，不是理所當然的事嗎？的確……唔，或許像是國中生會取的名字，或者說這樣的帥氣有點過於直白，但這本身不能說是歧視吧？再說，幫男刑警取帥氣名字的小說多如牛毛，這也算是男性歧視嗎？」

結果郭公女士若無其事地肯定說：

「當然了。原本的價值觀，男性就是優勢，所以幫男性角色取帥氣的名字，不是男性歧視，而是在強化女性歧視。這一樣是歧視。不論男女，取帥氣的名字都是歧視。」

「咦！那照這個道理，幫自己的小孩取帥氣的名字，不也是歧視了嗎？」

郭公女士同樣若無其事地點點頭：

「就是這樣沒錯啊。現代人理所當然地為小孩取帥氣的名字，就和過去黑人和女人天經地義沒有參政權是同樣一回事。」

妳的名字「鶴子」不是也滿帥氣的嗎？——我正想這麼說，被郭公女士搶先了一步：

「我自己的情況，很遺憾地，『鶴』這個字相當帥氣，但讀音『TSURU』聽起來有點蠢，所以相互抵銷，安全過關。我眞是感謝我的父母。老師的筆名『濱名湖安藝』算是很土的，所以我非常佩服，但看來老師對此並沒有自覺呢。」

我張口結舌，因爲太錯愕了，竟連句「要妳管」都無法反駁。

「而且濱名湖老師，我說你啊，你要寫的是以政治正確爲概念、破壞自明之理的革命性小說吧？既然如此，搬出傳統作品的價值觀，把自己正當化，豈不是很奇怪嗎？」

這……是這樣嗎？被斬釘截鐵地一口咬定，我開始覺得就是這樣了。

郭公女士接著說：

「還有，女刑警遭遇各種性騷擾的情節，也帶有嚴重的性別歧視。」

名字的部分無法反駁，被她壓了過去，但這部分我可不能退讓。倒不如說，郭公女士解讀錯誤了。

「不，不是這樣的。作品中確實有好幾個心態歧視的角色登場。公私不分、想要籠絡女主角的刑事部長是最極端的一個。可是這是我刻意安排的。女主角在追查案子的同時，也要和警察組織內部的性騷擾對抗。從作品當中，反而可以讀出否定歧視的訊息。這點訊息妳應該讀得出來吧？」

這種事根本用不著刻意說明。我沒想到居然會被職業編輯指摘這一點。跟這個人合作，果然是錯的吧？疑問滾滾湧上心頭。

結果郭公女士高聲大笑：

「協！協！老師在說什麼啊！老師或許自以爲寫了什麼新穎的東西，但女刑警對抗性騷擾這種情節，早就被寫爛了，而且超一流的作家寫得比你精采一億倍呢。你到底有沒有自知之明啊？」

「呃！」

我啞然失聲。

被這麼一說，確實是已經有這樣的作品了。但就算是這樣，有必要說得這麼難聽嗎？

「你該寫的，是比前人寫的這些東西更進一步的內容吧？比方說，這類『挺身對抗的女人』的作品，確實是在反對女性歧視，但女性的活躍方式，卻是比男性更要男性。換句話說，這不就陷入了藉由讓女人『男性化』來解決問題的窠臼嗎？至少你的這部作品就是這樣。說穿了，以作品來說，不就等於是接受了男性優越社會的天經地義嗎？」

女人男性化──被她這麼一說，或許如此。這確實是我自身遺漏的觀點。

「我就是設想到這麼多，才會說這部作品充滿了歧視！」

郭公女士斬釘截鐵地說。

我一樣一時無可反駁。先前的信心動搖了。郭公女士這些話，是發自我所缺乏的觀點。那麼不是她解讀錯誤，而是我的思維太淺薄了也說不定。或許作品中眞的反映了天經地義、無自覺的歧視。

「然後，接著是作品中發生命案的凶手形象。最不可能是凶手的小孩其實就是眞凶，這也很乏味，一樣充滿了嚴重到不行的歧視和偏見。」

「咦？啊、不是……」

「老師要否定這也不是歧視嗎？」

沒錯，這部分絕對不是。沒有任何歧視……應該。該捍衛的地方，我還是必須捍衛才行。

我深呼吸了一下，鼓起勇氣開口：

「確、確實，這年頭在小說作品當中，『小孩其實就是眞凶』或許不稀罕了，甚至可說是司空見慣，但我並不是爲了追求意外性才這麼安排的。我反而是刻意採用了這種司空見慣的發展，來突顯、否定傳統作品容易陷入的偏見。比方說，作品中處處提到根據統計，凶惡少年犯罪並未逐年增加，故事後半揭露凶手少年的成長背景，讓讀者得知少年會染指犯罪，並非出於單純的惡意，而是貧窮所致。在現實社會中，儘管少子化愈來愈嚴重，但兒童貧窮問題也相當嚴重，這樣的狀況逐漸廣爲世人所認知。從各種統計，也可以看出貧窮與犯罪是正相關，因此從這樣的描寫，可以看出眞正的邪惡並非個人的心靈，而是社會結構——」

「㗭！㗭！」

郭公女士的笑聲打斷了我的話。

「眞是笑破我的肚皮了！濱名湖老師，你又想寫你一直以來寫的那種冒牌社會派小說嗎？」

「呃！」

我再次啞然，像隻窒息的金魚般嘴巴一張一合。

冒、冒牌……？這、這個編輯剛剛指著作家的鼻子說他是冒牌貨？

郭公女士完全不理會呆掉的我，問：

「你想說的是，違反現實統計的東西是偏見，但符合統計的就不是偏見，所以才拿它作爲凶手的背景，對吧？」

「咦？呃，對……」

我有些不解她的意思，但還是點了點頭。郭公女士的說法令人介意，但確實就像她說的那樣。

「我說你啊，這不就是**統計歧視**嗎？」

「什麼？統計歧視？」

「沒錯。統計說到底就只是一種傾向，卻根據統計來設定犯罪、而且是殺人凶案的凶手，這根本就是歧視。貧窮和犯罪呈正相關？沒錯，或許就是這樣。但認定窮人就會殺人，這就是歧視。這完全是只因爲可疑，就毫無證據地逮捕無辜的市民，造成冤案的扭曲權力結構！」

「不是啊，等一下，妳這樣說不對。因爲這是小說、是虛構啊。設定符合統計的背景，是爲了追求眞實性。更進一步說，是爲了揭示現實中存在的貧窮問題。就算在虛構作品中描寫源自於貧窮的犯罪，也不等於是在認定窮人就會犯罪吧！」

「不！就是在這麼斷定！一口咬定！反倒因爲是虛構作品，所以問題更大！這要是現實，權力造成的冤案有時可以獲得平反，眞相大白，但是在虛構作品中，眞相是由作者塑造的。即使是歧視主義的作者塑造出來的歧視性的眞相，也無法被顚覆。聽清楚了，小說家『寫作』，是一種終極的權力行使。因爲在小說世界裡，作者是甚至能夠造神的萬能權力者。安坐在這樣的強權寶座之上，揭示貧窮問題？㤘！㤘！居然敢這樣大言不慚！你在做的，只是拿道聽塗說的社會問題當成材料在自慰罷了！不，你是職業作家，會把讀者也牽扯進來，這比自慰更惡質多了，根本就是強姦！你畜牲不如！所以我才說你的意識根本地層下陷了！」

郭公女士的言詞毫不留情。我覺得我才是被她強姦了。

但是，她的指摘當中，確實有著過去的我從未有過的觀點。我從來沒有想過什麼統計歧視，也不曾自覺「書寫」是一種終極的權力。

結果我完全無法反駁，郭公女士乘勝追擊：

「還沒完呢！作品角色的性傾向和戀愛觀，也都是理所當然地服膺於異性戀霸權，歧視到不行——」

郭公女士從劇情內容到台詞細節，接二連三指出作品中隱含的歧視成分。她的眼睛漸漸炯炯生光，臉頰潮紅，愈說愈帶勁帶刺了。

「——栛！栛！居然能寫出這麼歧視性的措詞，你真的是垃圾人渣變態矮冬瓜死肥仔禿頭右翼網民專業公民（註）！你就是這樣，才會永遠是個處男！栛！栛！」

憑什麼我要被貶損到這種程度？

我一直像個沙包般逆來順受，但漸漸忍無可忍了。

這傢伙的這些說法，不是更充滿歧視嗎？而且我才不是處男！我有妻子，還有小孩！妳才是老處女吧！

「——還有，高潮的地方讓手槍跟警棍登場，這完全就是歧視！」

註：專業公民（プロ市民）爲網路上揶揄僞裝成普通公民，從事抗議等活動，實則藉此牟取政治利益的人的用語。

我正感到憤慨不已，又聽到這種話，終於爆炸了。

「妳在胡扯些什麼！這是警察小說，當然有手槍跟警棍！這些東西哪裡歧視了！」

結果郭公女士兩眼暴睜，怒喝：

「你這個淫獸！」

媲美拔出曼德拉草（註）的尖叫聲震動桌上的水杯，黑紫色的果汁和咖啡激出漣漪。

「你！居然問這些東西哪裡歧視！不管怎麼想，手槍跟警棍都是男性陽具的象徵啊！女警居然拿這些東西當武器，甚至**發射子彈**？哈！這完全就是毫不批判、搭上醜惡的男性霸權社會天經地義歧視便車的描寫，不是嗎？」

郭公女士的氣勢瞬間讓我卻步，但她的說法根本荒唐到家。我不服輸地拉大嗓門反駁道：

「聽、聽聽聽妳放屁！到底要怎樣扭曲才會變成那樣！手槍是陽具？這哪門子腦殘佛洛伊德解釋！只是妳任意這麼曲解罷了吧？只要讀過，就知道裡面根本沒有歧視的意圖吧？少在那裡莫名其妙地曲解，好好從脈絡判斷！」

「協！協！出現了！『沒有歧視的意圖』，這是歧視主義者的口頭禪。你終於露出馬腳了！還叫我用脈絡判斷？你是在強迫讀者照作者的意思去詮釋嗎？這完全就是鞏固作者和讀者權力關係的歧視心態！」

「我、我我我又不是那個意思！我是叫妳用正常的閱讀能力去讀過文章再講話！不要勉強做出扭曲奇矯的解釋，給人亂貼歧視的標籤！」

「協！協！這次搬出『正常的閱讀能力』了是嗎？那我問你，什麼叫『正常』？有全世界一體適用的『正常』嗎？你有發現，『正常』才是最糟糕的歧視用語嗎？『正常女人都該進入家庭』、『男女相愛才是正常的戀愛』、『正常的日本人不會領取生活津貼』、『身障者不是正常人』——『正常』這個詞，就是站在多數群族的角度，迫害『不正常』的少數族群的詞彙！」

「不、不不不不對！這、這才是要看上下文脈絡吧！我說的『正常』又不是那種意思！」

「協！協！所以你說的所謂上下文脈絡，又有什麼保證？又不能保證讀者會依照

註：曼德拉草即毒茄參（Mandragora officinarum），傳說中將其從泥土中拔起，就會發出慘叫，讓採集者發瘋或死亡。

你寫的意圖去讀吧？然而你怎麼能對自己的遣辭用句那樣自信十足？你又沒有向每個人確認過，怎麼敢說什麼『正常的閱讀能力』？你以爲自己總是絕對正確的嗎？」

「這……不是這樣……」

我一時語塞，忍不住低下頭去。不妙，被這樣咄咄逼人，我會情急之下答不上來。倒不如說，我不知道。確實就像她說的。保證詞彙語義和脈絡的東西，到底是什麼？

不知爲何，我突然感到一股彷彿被拋入宇宙空間的寥落。這裡沒有地面也沒有天空，甚至沒有光線。什麼都看不見。

直到上一刻，我怎麼能對自己的話那樣自信滿滿？

郭公女士朗聲繼續：

「聽好了，語言這東西，不是自己一個人在那裡賣弄的。就算你沒有歧視的意圖，如果接收的一方這麼感覺，那就是歧視。所謂天經地義、無自覺的歧視，就是這麼回事，對吧？你要寫的，不是破壞這些的小說嗎？」

啊，這麼說來，我差點忘了這個目的。充滿問題意識的我，想寫的是以政治正確爲概念的政治正確警察小說。是離經叛道的革命性小說。

「所以了，前面我指摘了這麼多，總之這部作品太不像話了，一點都不政治正確！可是——」

郭公女士倏地把臉湊過來說：

「——你的話，濱名湖老師的話，一定寫得出來！我會等老師的。請老師重新寫過！」

這話傳進耳朵的瞬間，我彷彿在宇宙空間看見了閃耀的恆星，感覺到燦光。

我的話，一定寫得出來？

抬頭一看，郭公女士已經站起來了。

「那麼，今天已經很晚了，我就先告辭了。」

郭公女士一陣風似地離開了店裡。

不知不覺間，窗外已經完全暗了下來。看看時鐘，已是凌晨兩點。別說晚了，都已經三更半夜了。店內的客人，不知不覺間變成以自由業風格、氛圍慵懶的人爲主。我從皮包掏出手機查看，接近午夜零時的時間，有一通妻子的未接來電。我沒交代會晚歸就出門了，她一定正在擔心。雖然對她很抱歉，但這對我來說也是個意外。

眼前的桌上丟著帳單。仔細想想，和編輯討論工作，從來沒有一次是我付帳，但這已經不重要了。

攔下計程車，返回家門時，已經凌晨三點多了。妻子已經先回臥房睡了。早上可能會被嘮叨幾句，但也沒辦法。今天我想直接去睡了，然而鑽進被窩以後，郭公女士對我的批評卻在腦中轉個不停，就像童書《小黑人桑波》裡的老虎般變成了奶油，天色都泛白了，睡意卻完全沒有造訪。

我無可奈何，走到書房重讀那份稿子。

這部作品眞的爛到需要被說成那樣嗎？郭公女士的指摘眞的刀刀見骨嗎？

至少我完成的時候，覺得它是一部傑作。把心情歸零，再重讀一遍吧。如果依然覺得這是傑作，就代表我和郭公女士在根本之處無法相互理解。或許最好跟她斷絕關係。

我懷著這樣的心思開始讀，愈讀愈毛骨悚然。

這是什麼鬼東西？太糟糕了！糟糕透頂！

怎麼會這樣？就跟郭公女士說的一樣。重新再讀，角色的名字、描寫、世界觀、凶手形象、登場的小道具，總之構成小說的種種一切，從第一行到最後一行，都充滿了歧視與偏見啊！

根本就是一團穢物。這種東西能叫做政治正確的警察小說？簡直滑稽到教人笑掉大牙，窩囊到教人想哭。郭公女士一點都沒錯。我竟然以爲這種東西是傑作嗎？

太噁心了！

體內猛地湧上一股嫌惡，我衝進廁所，惡狠狠地吐了。我從昨天中午就沒有進食，胃似乎一下子就吐光了，但嘔吐感卻沒有止息，我吐出透明的胃液。同時眼睛噴出淚水、鼻子噴出鼻水、全身的毛孔噴出汗水，順帶還漏了一點尿。

全身流出各種體液，我醒悟到一件事：

我的問題意識提高了。

結識郭公女士之後，我的問題意識戲劇性地提升了。從單純的「富有問題意識」變成了「問題意識超高」。所以我開始注意到過去不曾察覺的歧視。對世界的觀點改變了。可是，這絕對不是件樂事。

「你還好嗎？」

可能是聽到聲音而醒來，妻子睡眼惺忪地走進開著門的廁所，爲我摩挲背部。

「是不是喝多了？我知道你要應酬，但如果要晚歸，至少打通電話吧。」

妻子埋怨著，但語氣很溫柔。她是在體恤身體不適的我吧。然而我在內心搖頭：不是！不是這樣的！

我說著「謝謝，我沒事」，擠出不同於內在想法的笑容，接下她遞過來的毛巾擦著臉。

妻子雖然會讀我出版的小說，但完全不過問我的工作。就如同作家與立志成爲作家的人以外的泰半一般人，他們對創作理論不感興趣。問題意識的水準也就一般般。這樣的妻子，實在不可能理解我這種痛苦。

結果這天我完全無法闔眼，一直躺到中午，休養身體。吐光一切之後，嫌惡依舊沒有消失，身體彷彿從中心遭到侵蝕。要拂去這種嫌惡，方法可能只有一個。那就是書寫。創作的傷口，只能靠創作來撫平。

這次我要寫出眞正的政治正確警察小說！

從這天晚上開始，我閉關在書房裡，著手重寫稿子。

然而字字艱辛。心思散漫，完全無法專注。這到底是怎麼一回事？

啊，有臭味。

很快地，我發現了這件事。書房很臭。書架和儲存著稿子的電腦散發出強烈的腐臭，攪亂我的心緒，根本無法工作。

我立刻發現這股腐臭是什麼了。是歧視。過去我寫的東西、現在正在寫的東西，全都充滿了嚴重的歧視。不，不只是我，書架上陳列的同業人士的小說，全都噴發出中人欲嘔的歧視惡臭。每個傢伙都毫無根據地相信並使用語言，排放出無自覺歧視，滿不在乎地粉飾說這是娛樂、藝術。

太骯髒了！

問題意識變得超高的我，在這些污穢圍繞下，不可能寫得出像樣的東西。得先把這些東西處理掉才行。

接下來我花了幾天的時間，不光是書房，連收在走廊和倉庫的書，全都捆一捆拿去資源回收了。妻子任意解釋爲「哦，只要有電子書，就不需要紙本書了嘛」，開心地說：「太好了，我知道那些書是工作上需要的，但每個月增加那麼多本，眞不曉得該往哪裡擺才好」。當然，電子書的檔案，還有存在電腦裡的自己的稿件檔案，我全數刪除了，但我沒有一一向妻子報告。

接著，目前手上的連載工作也全數中止。我向各個責任編輯告知這件事，他們都很驚訝，紛紛勸說，但我說「我有份稿子想要集中全副心力完成。結束之後我會好好寫稿」，一意孤行。

連載中斷，原本定期進帳的稿費就沒了，妻子也發現了。這時我也說明「我有份稿子想要專注完成」。可能是因為家裡的積蓄暫時不必擔心生活，因此妻子也接受我的做法了。

把周圍清理乾淨後，我稍微能夠寫作了，但絕對稱不上順利，我花了長達半年的時間，才終於將重新修改過的第二稿傳給郭公女士。

第三次在牡丹屋珈琲店新宿茶寮碰面的郭公女士，先聲明「雖然比上次的像樣一點——」，接著唾罵這第二稿也充滿了歧視，完全稱不上政治正確。

這回我一次也沒有反駁，全數接受。郭公女士的指正，每一點都言之成理。我的嫌惡感不僅沒有消失，反而愈來愈強烈，但我只能書寫。第三稿、第四稿……我不斷地修正。偶爾會有以前合作的編輯聯絡我，詢問狀況：「老師可以接稿了嗎？」但我悉數不理。

每次讀修改過的稿子，郭公女士都會「發現」新的歧視。但她每次都一定會說「比上次像樣了」。這是我唯一的救贖。即使是一點一滴，但我確實在進步。我的作品一天比一天政治正確。

後來三年過去了。

這天我爲了討論上週完成寄出的第九稿，一如往例，在牡丹屋珈琲店新宿茶寮和郭公女士碰面。

離家之際，妻子叫住我，忍無可忍地說：

「老公，你到底在想什麼？再這樣繼續吃老本過活，生活會過不下去的。付不出房貸的話，這房子也要沒了！」

前一年，我把過去出版的作品版權，從合作的出版社全數收回，就此封存起來。如此一來，不只是稿費，連過去出版作品的版稅也沒了，收入完全歸零了。

「我得去跟編輯討論，晚點再說。回來以後，我會好好解釋給妳聽。」

「不要晚點，現在就給我解釋！而且你說討論，到底是在討論什麼？你的書根本就沒有完成！老是三更半夜才回家，你其實都在做什麼！你說啊！」

妻子歇斯底里地大叫。看來她有了離譜的誤會。

站在她的角度，的確是會擔心吧。最大的孩子馬上就要升高中了，最小的孩子……是讀國中嗎？我不是很清楚，不過差不多這個年紀。或許家中開銷正大。一直沒有說明的我也有錯。我無可奈何，盡量淺白易懂地說明狀況。然而妻子皺起眉頭說：「嗄？什麼跟什麼？莫名其妙！」更加歇斯底里地嚷嚷起來。

從某個意義來說，她的反應如同預料。妻子對創作理論沒興趣，問題意識的程度也就一般凡人，我本來就不認為她能夠理解問題意識超高的我的創作。我懷著說不出是失望還是認命的冷漠情緒，努力冷靜說明：

「所以我說過很多次了。我以前寫的作品，每一部都充滿了歧視。這樣的東西沒有讓世人看到的價值。」「你在說什麼！你的作品哪有什麼歧視！」「看不出歧視，是因為妳陷在舊有的價值觀、天經地義的思維當中。這才是歧視。」「就算你說這些，錢怎麼辦？你賣你的小說，所以才叫做小說家吧！」「但為了金錢而肯定歧視的話，就跟奴隸商人沒有兩樣了。」「誰管它這麼多！奴隸商人又怎樣，你要養這個家啊！」「不要說那種膚淺的話。沒事的，我又不是不寫小說了。等我完成了摒除一切歧視的『政治正確的警察小說』，就會好好出版，也可以拿到版稅。」「那會是什麼時候！」「很快……我的作品確實在變好，我覺得很快就會完成了。」

妻子怎麼樣都無法接受，嘮叨個沒完，我漸漸厭煩起來，打住說「我真的要趕不上時間了，晚點再說」，離開家門。

背後傳來怒吼：「開什麼玩笑，你這個混帳！」我一陣惱怒，但對於問題意識超高的我來說，比起被妻子數落，被郭公女士責備的時光更重要太多了。

結果我遲到了大概十分鐘。

「我還以爲我被放鴿子了。」郭公女士說。

我簡單說明狀況：「哦，出門的時候內子——」

結果郭公女士笑了起來：

「桸！桸！怎麼不一拳下去讓她閉嘴？」

「咦咦？」

「濱名湖老師，你是男人，力氣比太太更大吧。」

「呃，不是，可是這不就成了家暴了嗎？怎麼說……這違反了政治正確，很不政治正確啊。」

「桸！桸！你在說什麼啊？只要作品政治正確就夠了。寫政治正確小說的人，沒必要自己是政治正確啊。反倒是在私領域自由抒發自我，才能讓作品變得更好啊。」

這麼說來，冷硬派作家其實是連小蟲都不敢殺的阿宅、寫純愛小說的大老作家自己搞不倫、風格暖心的暢銷作家其實最愛權勢欺壓別人，把好幾名編輯逼到自殺，這都是常有的事。

這樣啊，就算書寫政治正確的作品，也沒必要連作者本人也追求政治正確嗎？反過來或許更能滋養作品。

郭公女士說第九稿也「比之前像樣」，但仍充滿了歧視，把它唾罵得一文不值。但這天的討論，讓我覺得得到了前所未有的重大發現。

晚上回到家的時間，照例又是深夜，大概凌晨三點多的時候。由於出門前才發生過那樣的爭吵，妻子沒有睡，在客廳等我。

「我們好好談一談吧。」

看見表情僵硬的妻子，我心想：

好，這麼快就有機會了！

我一語不發，握緊拳頭，惡狠狠地朝妻子臉上就是一拳。

「囉唆死了！女人家少在那裡多嘴！」

妻子的慘叫聲在屋子裡迴響。快感貫穿了我的全身。

這是我這輩子第一次打人，沒想到竟是如此暢快。我彷彿失去了理智，一拳又一拳毆打妻子。結果慘叫和聲響似乎吵醒了孩子們。目睹父親毆打母親的景象，孩子們都嚇壞了，女兒哭喊：「住手！」兒子撲上來：「不要欺負媽媽！」

如果是三年後，或許就危險了，但現在兒子身材比我還要瘦小，力氣也不大。我把兒子也一拳打飛，順便也揍了女兒。

隔天，家人收拾東西離開了。但我獲得了足以彌補這份失落還有剩的事物。因為我得到了問題意識更進一步提升的眞實感。從「問題意識超高」，躍升為「問題意識爆高」。我下筆更爲行雲流水，一眨眼就完成了第十稿。

郭公女士肯定說這第十稿「雖然還是充滿了歧視，但好很多了」。不是「像樣」，而是「好」，而且是「好很多」！接下來稿子一樣被貶得體無完膚，我卻陷在難以言喻的幸福感當中。

這天討論結束後，郭公女士也沒有立刻回去，邀請我說：「如果老師接下來有時間，我務必想帶逐漸突破自我的濱名湖老師去一個地方。」

時間我多得是。我說「好啊」，於是郭公女士把我領到歌舞伎町角落的一棟住商大樓。

「老師的稿子會變好，是因爲您解放了自我的欲望。所以您應該在這裡更盡情地釋放自我。這棟大樓裡的店，每一間都是健康會館，所謂的特種店。請老師選家喜歡的店，好好玩一玩，舒爽一下吧。」

這樣啊，是這麼回事啊。我覺得郭公女士說的一點都不錯。反正我也沒有必須忠誠的對象了，沒理由猶豫。

大樓好像有四家特種店，一樓門口掛出各店看板。「愛的記事本」、「毛蟲滾滾」、「索多米溫柔鄉」、「種族隔離」，每間店都散發出政治不正確的淫靡香味。

「楊！楊！老師，這裡不只是滿足單純的性欲，也是享受歧視的大人社交場所。每一家店都可以盡情享受蹂躪少數族群的遊戲。平日高聲疾呼自由主張、富有問題意識的文化人士，都是這棟大樓的常客喔。」

原來如此、原來如此，富有問題意識的文化人士啊。人類的上半身和下半身果然是不同的生物。

問題意識已經變得爆高的我，決定依序逛過每一家店。每一家店都有身具各種殘疾的小姐——不，政治正確的職稱，是特種行業從業人員（事實上也有男生），將我引導到至高無上的悅樂仙境。

啊，多麼美好啊！我在欲仙欲死的時光中心想。

政治不正確萬歲！歧視萬歲！

經過一晚，我的意識更進一步提升，臻於「問題意識霹靂高」。神清氣爽的我，回家後便搖身一變，專注寫作排除性別歧視的政治正確警察小說。

此後我以每星期一次的頻率光顧特種店。

我正在寫第十二稿的時候，收到離家妻子寄來的離婚登記申請書和索討贍養費的存證信函。因爲煩心，我回信說隨她愛怎麼做。

我在寫第十六稿時，床頭金盡，沒辦法再上特種店了。但沒有問題。因爲我發現，只要參加街頭偶爾會舉辦的排外主義者示威遊行，不花一毛錢，就可以得到等同於上特種店的快感。

緊接著，我在寫第十七稿的時候，因爲付不出房貸，失去了住處。但一樣沒問題。只要有一臺筆電就可以寫作。充電借用圖書館或公家機關的電源就行了。晚上睡在公園長椅，三餐靠挖超商廢棄便當果腹。

在寫第二十六稿時，我遇到狩獵遊民的人攻擊，筆電被搶走，右腳和左手被打斷了。但一樣沒有問題。挖挖垃圾堆，輕易就能找到紙筆。只要有一隻手沒事，就能寫小說。不，就算失去雙手，用手咬著筆寫就行了。

每當新的稿子完成，不曉得怎麼知道的，郭公女士總是會出現在我面前，讀我的稿子。雖然每次都一樣被批得亂七八糟，但被稱讚的部分確實在增加。終點就在眼前了——這個想法浮現以後，已經過了很久。不知不覺間，我的頭髮變得花白，皮膚浮現皺紋和黑斑，開始看不清楚近處了。

是一百、兩百還是一千？持續寫著連自己都不知道第幾稿的最後，我終於進入「問題意識Ω高」，達到了一個境界。

語言是生物，隨時都在變動。比方說，當寫下「紅」的時候，每個人想到的顏色都有著微妙的不同。也會隨著時間和場合而變化。至於文章的脈絡，甚至連書寫的本人都無法完全控制。然而語言卻也是切割這個世界、加以區分的事物。「紅」這個詞，不是「藍」也不是「黃」，把世界區分爲「紅」與「紅以外的事物」。換句話說，語言是「無法控制的區分」。所以任何詞彙都有可能是歧視。以前我認爲出版社和電視臺制定禁用詞彙是一種「停止思考」。但如果不設定一個點，停止思考，所有的詞彙都會變成歧視。總之，以文字寫成的小說就是歧視。是政治不正確。如果不以文字書寫，就無法變成小說，但只要以文字來書寫，就成了歧視。對於這樣的矛盾，我得到的答案就只有一個：

——白紙。

我花了一年以上翻垃圾，蒐集了上百張空白的影印紙，只是把它們疊在一起。這時，眼前出現不同於老態龍鍾的我、和剛認識時完全沒變的美過頭的郭公女士，拿起那疊甚至沒有寫下標題的白紙，露出笑容：

「老師總算成功了。這就是完美政治正確的警察小說。」

成功了！我成功了！問題意識Ω高的我，終於寫出來了！寫出政治正確的警察小說了！不，雖然我根本沒寫下半個字。

郭公女士發揮她精湛的手腕，讓這部小說在數日後由大型出版社出版。因爲只是一疊白紙，所以不必校對，可以直接製作成書。

作品一出版便好評如潮，一般大眾說「沒有字所以很容易讀」、讀書家說「從來沒有讀過這樣的小說，或者說，這無法讀」。

沒有半個字的白紙，完全就是破壞小說自明之理的革命性小說。它可以無限自由地解釋，想要故作深奧地評論小說的書評家，也將它視爲談論深奧小說的上好題材，視若珍寶。

「問題意識的高度達到了理論上的巔峰，甚至令人頭暈目眩」、「這部小說挑戰小說這種形式，並贏得了壓倒性的勝利」、「是實驗音樂家約翰·凱奇創作的無聲樂曲〈四分三十三秒〉的小說版」、「不，無聲的樂曲〈四分三十三秒〉，用意是要讓人聽見環境音等偶然的聲音，但白紙徹底排除了歧視性，兩者的主題與概念都截然不同」、「一連串的白紙，完美地將佛教中『空』的概念具象化」、「這部作品就像這樣，甚至反照出評論的歧視性，實在可畏」，歧見紛陳，出現了數不清的評論。

口碑帶來更多的口碑，出版後一個月，銷售便突破百萬冊。在外國也立刻在五十二國出版。畢竟因爲是白紙，不需要翻譯。然後它在每一個國家都登上了暢銷排行榜，在全球的銷售冊數突破一百億冊。

一眨眼，我便獲得了世界性的名聲與億萬財富。妻子換了張面孔，回到我身邊，還伸出臉說：「盡情打我吧！」不只是日本國內，全世界的出版社和經紀人都向我邀稿。不僅如此，聽聞諾貝爾財團似乎正在調查我的背景，或許今年秋天……

一切都順利極了，但只有一個問題。

郭公女士突然消失了。電郵和電話都不通，即使詢問爲我出書的出版社人員，也沒有人知道她的下落。

我感到失落和不安，彷彿身體中心開了個洞。

雖然我接到堆積如山的邀稿，但少了郭公女士，往後我該寫什麼好？我都已經寫出白紙了，還能再寫出什麼？

不，沒問題。我一定辦得到。往後我應該也能寫。因爲我都已經寫出這部作品了——不，雖然我根本沒寫下任何東西。

我爲了說服自己，重讀——不，重看自己的小說。

可是。

…………………………………………………………咦？

嗯？嗯嗯嗯？這是怎麼回事？

我一次又一次反覆重看那疊白紙。

果然如此。沒有錯。

這……就**只是一疊白紙**。

我發現一件理所當然的可怕事實。大概是全世界第一個發現的。

政治正確的警察小說——連它應該要有的書名都沒有的這部小說。受到全世界讚揚、甚至被譽爲小說界最新大師之作的這疊白紙。

可是，白紙就是白紙，不管再怎麼翻來覆去地看，都絲毫不有趣啊！是說，不管寫什麼都會變成歧視，所以乾脆什麼都不寫，這是在耍什麼白痴啊？簡直蠢到家了。根本是幼稚的惡作劇。

爲什麼大眾會崇拜這種東西？簡直是世界規模的集體催眠。這種東西，別說Ω了，壓根兒稱不上有任何問題意識，也不革命性。既不政治正確，而且明明是警察小說，卻連個「警」字都沒看到，這算什麼？只是零。毫無價值的零！

根本沒寫出來。

沒錯，我還沒有寫出政治正確的警察小說……

我感到一陣天旋地轉。手中潔白的一疊紙張，隨著世界一同扭曲了。然後另一頭傳來刺耳的笑聲：

㗊！㗊——！

（完）

E FICTION 51／咖哩的女神

原著書名／政治的に正しい警察小説
作　者／葉真中顕
原出版者／小學館
翻　譯／王華懋
責任編輯／詹凱婷
業務・行銷／陳紫晴・徐慧芬
編輯總監／劉麗真
總 經 理／陳逸瑛
榮譽社長／詹宏志
發 行 人／涂玉雲
出 版 社／獨步文化
城邦文化事業股份有限公司
104台北市中山區民生東路二段141號5樓
電話：(02) 2500-7696　傳真：(02) 2500-1967
發　行／英屬蓋曼群島商家庭傳媒股份有限公司
城邦分公司
104台北市中山區民生東路二段141號2樓
網址／www.cite.com.tw
讀者服務專線／(02) 2500-7718；2500-7719
服務時間／週一至週五：09：30～12：00　13：30～17：00
24小時傳真服務／(02) 2500-1900；2500-1991
讀者服務信箱 E-mail／service@readingclub.com.tw
劃撥帳號／19863813
戶名／書虫股份有限公司
香港發行所／城邦（香港）出版集團有限公司
香港灣仔駱克道193號號1樓東超商業中心
電話／(852) 2508-6231　傳真／(852) 2578-9337
E-mail／hkcite@biznetvigator.com
馬新發行所／城邦（馬新）出版集團
Cite (M) Sdn Bhd
41, Jalan Radin Anum, Bandar Baru Sri Petaling,
57000 Kuala Lumpur, Malaysia.
Tel: (603) 90578822
Fax:(603) 90576622
email:cite@cite.com.my
封面設計／高偉哲
排　版／游淑萍
印　刷／中原造像股份有限公司
● 2022（民111）10月初版
售價350元

 ISBN 9786267073872（平裝）
ISBN 9786267073889（EPUB）

國家圖書館出版品預行編目資料

咖哩的女神／葉真中顕著；王華懋譯. –初版. – 台北市：獨步文化，城邦文化出版：家庭傳媒城邦分公司發行，民111.10
面；公分. --（E fiction ; 51）
譯自：政治的に正しい警察小説
ISBN 9786267073872（平裝）
ISBN 9786267073889（EPUB）

861.57　　111013136